인조 사파이어 푸른 빛

인조 사파이어 푸른 빛

초판 1쇄 인쇄 2025년 11월 19일
초판 1쇄 발행 2025년 11월 20일
저 자 김헌일
발행인 박지연
발행처 도서출판 도화
등 록 2013년 11월 19일 제2013-000124호
주 소 서울시 송파구 중대로34길 9-3
전 화 02) 3012-1030
팩 스 02) 3012-1031
전자우편 dohwa1030@daum.net
인 쇄 (주)유진보라
ISBN 979-11-24052-06-8 *03810
정가 15,000원

*본 사업은 2025년 부산광역시, 부산문화재단 〈부산문화예술지원사업〉
 으로 지원을 받았습니다.

도화道化, fool는
고정적인 질서에 대한 익살맞은 비판자,
고정화된 사고의 틀을 해체한다는 뜻입니다.

인조 사파이어 푸른 빛

김헌일 소설집

도화

그새 깜박 졸았나 보다.

지난 7월 초 어느 날 밤 11시 30분, 노포동 시외버스 터미널을 떠난 심야버스가 7번국도에 들어섰다. 이정표에는 동해대로라고 쓰여있지만 내게는 삼십여 년 전 초등학교에 다니는 아이들을 데리고 설악산으로 떠나던, 그 시절의 7번국도라는 이름이 더 좋다. 호주머니에 돈 한 푼 없이 길가 현금인출기에서 대출금을 뽑아 쓰면서도 큰소리를 떵떵 치던, 그 젊음의 패기가 그립기도 하다.

새벽 두 시를 넘긴 세상은 온통 새카맣다. 그 거대한 어둠 아래 먹물을 칠해 놓은 커다란 골판지처럼 보이는 것은 바다다. 그 시커먼 바다의 끝자락에 가물가물 떠 있는 한 무더기의 빛. 고기잡이배다. 어쩌자고 저 배는 이 칠흑 같은 어둠 속에 외로이 떠 있는가.

　마을로 이어진 숲길, 정적에 잠긴 자동차 길에 우유빛 가로등이 졸고 있다. 바닷가 작은 동네, 납작 엎드려 있는 지붕들 위로 희누런 빛들이 고요하다. 구불구불 휘어진 골목길을 따라 점점이 떠 있는 알전구의 연노랑 빛. 멀리 더욱 짙어진 어둠 속에 콩알만한 빛덩이들. 이따금 암흑의 대지 위에 흩뿌려놓은 진주 알갱이 같은 빛들도 보인다. 이토록 빛은 아름답다는 사실을 새삼 느껴본다.

　시외버스 헤드라이트가 어둠 속에 뚫어놓은 빛의 터널을 여섯 시간여 달려 새하얀 국화에 싸여있는 커다란 사진틀 속 사내를 만났다. 몹쓸 병에 걸려 짧지 않은 세월, 코에 산소 튜브를 매달고 살았던 사내. 비록 산소통을 떼어놓을 수가 없어 잠시도 바깥 구경은 못하지만, 사는 덴 아무 문제가 없다고 큰소릴 떵떵 치던 그 사내. 70이란 숫자가 작은 것은 아니니까 늙었다고 할 수밖에 없는 내 동생. 잘 생긴 그 얼굴에 가득 떠오른 미소가 어쩐지 허전하다. 언젠간 나도 저렇게 사진 속에 갇히겠지. '언젠가 찾아올 그 날까지 열심히 사세요.' 사진 속 동생은 넌지시 날 채근한다. 하긴 그 말이 맞다. '우물쭈물하다가 내 이럴 줄 알았다.'하던 대문호의 흉내만 내고 갈 순 없질 않은가.

　돌이켜보면 작가라는 허울을 쓰고 살아온 지난 세월은 기실 소설쓰기가 두려워 도망만 치다 온 세월이었다. 이제부터라도 열심히 써야겠다.

　난생처음 번쩍이는 리무진 캐딜락을 타고 먼 길을 떠나는 동생을 멀끔히 바라보고 나서, 속초 시외버스 정류장으로 터덜터덜 걸어오는 길에 나는 휴대폰을 열어 손주들의 문자를 다시 한번 쓰윽 확인한다.

　할아버지 잘 갔다 와. 사랑해!

　아! 삶이란 이토록 아름다운 것인가.

　부족하기 짝이 없는 글들의 해설을 써주신 김성달 작가님께 머리 숙여 감사드린다. 내 오랜 글벗 신종국 작가는 외롭고 힘거운 창작 여정에 큰 힘이 되는, 든든한 동업자다. 그밖에도 감사를 드려야 할 벗들은 너무나 많다.

　소설이란 작가의 인생을 태워서 만들어진 그릇 같은 게 아닌가 싶다. 가마에서 막 꺼낸 이 그릇이 질그릇에 그치지 않고 백자도 되고 청자도 되길 기대해 본다.

　출간을 지원해 주신 부산문화재단, 그리고 문학 담당 박효인 님께도 감사를 드린다.

2025년. 가을비 내리는 어느날. 김헌일

차례

노을이 지다

두 대의 미군 팬텀기가 뚜악산 건너편 정글을 폭격하고 있었
다. 팽그르르 돌아 올라갔던 비행기가 목표 지점을 향해 곤두박
질을 치며 내려오면, 티끌 하나 없이 닦아놓은 유리창 같은 하늘
에선 피처럼 붉은 불기둥이 솟았고 연이어 수만 개의 사기그릇이
동시에 깨어지는 듯한 굉음이 들려왔다.

병사들은 벙커 위, 야자나무 그늘, 혹은 부대 뒤쪽 철조망 가까
이 우물가에 삼삼오오 모여 앉아 잡담을 나누고 있었다. 우리들
의 대화란 대개 지난 작전에 있었던 일들이었다. 따지고 들면 별
것도 아닌 지난 며칠은 과장과 왜곡의 과정을 거치면서, 인천상
륙작전이나 명량대첩 혹은 됭케르트 같은 치열한 전투로 변해가
고 있는 중이었다. 미군기의 폭격에 관심을 두고 있는 사람은 아
무도 없었다. 서울의 거리가 때에 맞춰 사람들로 들끓고 자동차

들로 붐비는 것처럼, 이곳 베트남에서 그것은 단조로운 일상의 하나였을 뿐이었다. 더구나 이제 막 오박육일 간의 작전에서 돌아와 모두들 안도감과 해방감에 들떠 있는 터여서 더욱 그랬다. 남~나아아암 쪽 섬의 나아아라 월남의 달밤…. 3소대 뒤 초소 근처에서 병사들의 합창소리가 후텁지근한 모래바람에 묻혀왔다. 아직 배식이 시작되지도 않은 취사장에 성급하게 숟가락이며 식판을 거머쥔 병사들이 진을 치고 있고 있었다. 총알 한 방 제대로 쏴보지 못하고 싱겁게 끝나버린 작전이었지만, 부대원들의 얼굴은 저마다 영웅이라도 된 듯한 희열에 들떠 있었다.

이렇듯 폭죽이라도 터트릴 듯 열띤 광경과는 대조적으로 연병장 한 구석에서 묵묵히 작업을 하고 있는 일단의 무리가 있었다. 마대 포대에 희누런 모래흙을 담아 허물어진 벙커를 보수하고 있는 그들은 이번 작전에 출동하지 않았던 잔류병력들이었다. 잔류병력 가운데엔 지휘관의 특별한 배려에 의해 남게 되었던 병사들도 있었다. 그러나 그들은 캔맥주를 홀짝이며 입에 거품을 물고 떠들어대고 있는 출동병력들 사이에 끼어 있었고, 여기에 남은 병사들은 대부분 몸이 아프거나 동작이 굼뜨거나 말썽을 부리거나 해서 지휘관의 눈밖으로 드러난, 이른바 고문관들이었다.

우리들 작전 병력은 그들에게 우월감 같은 것을 느꼈다. 남다른 고생 뒤에 오는 통쾌한 성취감도 물론 있었다. 그것은 무엇보다도 육사 출신 중대장에게서 비롯되었다. 작전을 떠나기 전 중대장은 연병장 한구석에 잔류병력들을 모아놓고 노골적인 경멸의 빛을 띠며 침이라도 찍 뱉어내는 듯이 말했다.

─고문관 같은 놈들. 싸움터에 나가지 못하는 것도 군인이야? 작전 마치고 돌아와서 보자.

그 말은 일종의 협박처럼 들렸다. 그들 잔류병들과 중대장 사이에서 장차 무슨 일이 벌어질지를 상상하는 일은 땀을 뒤집어쓰고 정글을 누벼야 했던 지난 며칠간의 우리에겐 작지 않은 위안이었다.

전쟁영화에 나오는 포로들처럼 구부정하게 허리를 구부리고 작업을 하고 있는 잔류병들에게 상아손잡이 리볼버 권총을 허리에 찬 중대장이 다가간 것은 그때였다. 우리들은 모두 동작을 멈추고 중대장에게로 시선을 집중시켰다. 우리들의 눈동자는 너나 할 것 없이 시퍼렇게 번들거렸다.

"집합!"

중대장이 그렇게 말하는 것 같았다. 그 목소리는 턱없이 작고 낮았음에도 불구하고, 귀신같이 알아들은 잔류병들은 후다닥 뛰어와 중대장 앞에 정렬을 하였다. 그들의 작업복은 물기투성이였고, 코끝까지 눌러쓴 철모 아래로도 주먹만한 땀방울이 흘러내렸다.

중대장은 털이 무성한 눈썹을 송충이처럼 꿈틀거리며 그들을 하나하나 훑어내렸다. 이 구경거리를 놓치고 싶은 사람은 아무도 없었다. 우리들은 어슬렁어슬렁 신발을 끌며 호기롭게 그들에게로 다가갔다. 나는 무엇보다도 먼저 그들의 복장상태를 살피고 있었다. 이런 경우 중대장이 제일 먼저 문제를 삼는 것은 바로 그것이었기 때문이었다. 그들의 복장은 그런 대로 구색은 갖춘 셈이었다. 계급장, 명찰이 너덜너덜한 상태로나마 가슴팍에 달렸고, 압박붕대, M−16 대검, 탄창집 그리고 수통 두 대가 매달린 탄띠가 땀투성이 작업복 위에 삐뚜룸히 걸쳐있었다.

"어때?"

중대장이 예의 그 뇌까리는 듯한 음성으로 말했다. 소리는 작았지만 그 이면에는 장차 어디로 튈지 예측도 못할 폭발적인 에너지가 감추어져 있음은 물론이었다. 대열을 이루고 부동자세로 선 스무 명 가까운 병사를 가운데 중대장의 질문에 선뜻 대답을 하는 사람은 없었다. 그도 그럴 것이 그의 질문이 너무 모호했다. 말의 뉘앙스로 보아 남들 작전에 나가 고생을 하는 동안 부대에 나자빠져서 실컷 놀고 난 기분이 어땠느냐는 질문임에는 분명했지만, 말의 꼬리가 치켜 올라가면서도 교묘하게 뒤꼬이는 것으로 보아 질문의 요지는 전혀 엉뚱한데 있을 수도 있었다.

하얀색 바탕에 황금색 손잡이가 달린 지휘봉을 단검처럼 겨눠 쥐고 중대장은 한 병사에게 성큼성큼 다가갔다. 그는 우리 소대 고참병인 황병태 상병이었다. 키가 좀 큰 편이고 얼굴이 깡말랐다는 것 그리고 사람에 따라선 멍청해 보인다고 할 수 있는 선한 눈빛이 특색이라면 특색일 뿐, 그저 평범한 친구였다. 하는 짓도 남달리 모난 데가 없었다. 그런데 병태는 이상스럽게도 중대장의 눈엔 자주 띄었다.

중대장은 사관학교 출신답게 깎아지른 듯한 동작과 부릅뜬 눈 그리고 기개 있는 우렁찬 목소리, 이른바 군인다운 멋을 최고로 치는 위인이었다. 한번은 이런 일도 있었다. 두어 달 전인가, 매복 작전을 앞두고 중대장은 사정없이 내리치는 태양광에 눈조차 제대로 뜰 수 없는 연병장에 우리를 모아 세웠다. 부대 정렬이 끝나자 그는 하얀 상아로 손잡이가 장식된 리볼버 권총을 뽑아들었다. 중대장은 월남 시장에서 사들인 그 권총을 허리춤에 차고 다녔는데, 그것이 병사들에겐 늘 선망의 대상이 되곤 했다.

중대장은 총구를 하늘로 향한 채 소리를 질렀다.

"여기에 서 있는 중대장하고 함께라면⋯."

중대장은 거기에서 말을 끊고 침을 꿀꺽 삼켰다. 가슴에서 솟아난 가벼운 긴장감이 발끝까지 빠르게 퍼져갔다.

"죽음의 계곡까지라도 들어갈 수 있는 용사, 손들엇!"

전쟁 영화 주인공의 비장한 대사를 닮은 중대장의 소리가 한바탕 허공을 휘젓고 나서, 제법 긴 시간이 흘러갔다. 그러나 어느 누구 하나 손을 들지 않았다. 그도 그럴 것이 이번에 출동하는 곳은 중대기지에서 불과 2킬로미터 남짓 떨어진 1번 국도변이었으며, 우리가 맡은 임무는 반나절 동안 그 앞을 지날 십자성 부대

수송단을 경계하여 주는데 불과했기 때문이었다. 더구나 그곳은 따이안들을 상대로 위스키나 콜라도 팔고 숏타임까지 시켜주는 민가가 두엇 있어 오히려 군침을 삼키고 있는 터에, 중대장의 죽음의 계곡 운운하는 말은 느닷없지 않을 리가 없었다.

"없나아? 아무도 없어?"

팔등신 여인의 허리처럼 날씬하게 휘어진 방아쇠를 금방이라도 잡아당길 듯 해 가지고서, 중대장은 다시 고함을 질렀다. 그의 목소리에 카랑카랑한 기운이 자못 더해져 있었다.

"에이 시팔, 더워 죽겠네."

누군가가 투덜거리는 작은 소리가 뒤쪽에서 살며시 들려왔다. 하긴 그때 시간이 오후 세 시였으니 기온은 한껏 고조되어 있을 터였다. 우린 모두 가마솥 위에 올라서 있는 듯한 기분이었다. 발바닥에서 머리끝까지 불에 데인 듯 화끈거렸고, 이러다 온몸의 수분이란 수분은 다 빠져나가는 게 아닌가 싶을 정도로 땀이 쏟아졌다.

병사들은 시선을 힐끗 돌려 그 소리가 들려온 곳을 바라보았다. 그 말을 지껄인 사람은 내 뒤쪽 열 맨 끝에 서 있던 최 병장이었다. 그는 화끈화끈 열기를 뿜어대는 땅바닥에다 침을 찍하고 내뱉고 나더니 비죽이 손을 들어올렸다.

"야, 야. 손들어. 빨리빨리. 이러다 군고구마되겠다."

최 병장이 말했다. 그러자 다른 병사들도 풍선에서 바람이 빠지는 소리로 히히히 웃어대며 손을 들어올렸다. 그런데 마지막까지 손을 들지 않는 친구가 있었다. 황병태였다.

그 일로 병태는 그날의 경계작전에서 제외되었고 벙커 보수, 시레이션이나 탄약 운반, 변소 치우기 등 온갖 궂은일은 도맡아 하게 되었다. 중대장에게 황 상병은 군인 같지 않은 군인, 사내답지 않은 사내, 아니 인간 같지 않은 인간의 전형이 되었다. 어쩌다 좀 약삭빠르지 못하다 싶은 신병이 오면, 중대장은 병태 같은 놈 또 하나 생겼다고 투덜대었다. 지난달엔 사단 검열에서 예상 밖의 혹평을 듣게 되자 중대원을 완전군장으로 집합시켜 놓은 자리에서 이놈의 부대엔 모두 황병태 같은 놈들밖에 없느냐고 아예 노골적으로 떠들어 댄 적도 있었다. 지역 사령관인 중대장이 그러하니 자연 소대장, 분대장들도 그랬다. 그리고 급기야는 졸병들 사이에서까지 우습거나 어처구니없거나 부족하거나 불만인 상황에다 병태의 이름을 빗대어 말하는 경우가 허다하게 되었다. 야, 이 병태 같은 놈아. 그 말은 우리가 그곳에서 들을 수 있는 최악의 말이었다.

"황병태!"

중대장은 익을 대로 익은 아열대의 햇살을 받아 더욱 날카로운 흰빛으로 빛나고 있는 지휘봉으로 그의 배를 쿡 찔렀다.

"어떠냐고?"

황상병은 아무런 대답도 하지 못했다. 하긴 그럴 만도 했다.

뭐가 어떠냐고 묻는 것인지, 곁에 서서 한가로이 구경이나 하며 서 있는 우리들도 알아채지 못할 질문이거늘, 이 생더위에 금방이라도 지지직 타오를 것만 같은 철모를 뒤집어쓰고 눈알 한번 굴려대지 못한 채 작대기처럼 서 있는 그가 선승의 화두 같은 그 질문의 뜻을 간파했을 리가 없었다.

"뭐야. 이제 귀까지 먹었나? 어떠냐고 이 중대장이 묻고 있잖아."

역시 황병태는 아무 말도 못했다. 그는 중대기지 앞을 흘러가고 있는 6B 도로 건너편 정글이 시작되는 지점, 뚜악산 정상에다 시선을 붙들어맨 채 꼼작도 하지 못하고 있었다. 그의 머리에서 흘러내린 땀 한줄기가 뱀처럼 구불거리며 목덜미 안으로 기어들어갔다. 우리들은 중대장 뒤쪽으로 쳐진 나무 울타리처럼 늘어서서 유들유들한 시선으로 황병태를 지켜보고 있었다.

"네 녀석한테도 양심이라는 것이 남아 있다면…."

중대장은 또다시 꼴깍 군침을 삼켰다. 말을 하다가 중대한 대목에 이르러 잠시 입을 봉하고 침을 삼키는 것은 그의 버릇이었다. 중대장 강 대위의 그런 습관은 그 앞에 불려온 병사들의 가슴을 단숨에 오그라붙게 하는 기묘한 위력을 발휘하곤 했다.

"다른 전우들이 워카 바닥에 구멍이 나도록 짱글을 기는 동안, 부대 안에서 늘어지게 낮잠이나 자빠져 잔 기분이 어땠는지, 한번쯤 생각해 봤을 거 아냐!"

　　중대장은 지휘봉으로 황상병의 철모를 마구 두들겨 대었다. 하지만 병태는 조금도 동요하지 않는 듯했다. 다만 장승처럼 서서 특유의 멍한 눈길로 간간이 중대장을 바라볼 뿐이었다. 병태의 눈빛은 특별한 데가 있었다. 여기 월남에 와 있는 병사들의 눈빛은 대개 번득이는 광채를 가지고 있었다. 코고 입이고 구분을 할 수조차 없이 새카만 얼굴에 유독 눈빛만이 번득번득 살아있었다. 이곳에서 마주치는 눈들은 세모꼴 마름모꼴의 각이 진 형태를 이루고 있었다. 그것은 짐승의 눈에 흡사했다. 목숨을 부지하기 위하여 때로는 표범처럼 때로는 여우나 들쥐처럼 돌변해야 하는, 전장이라는 절박한 삶의 현장이 빚어낸 결과였다. 언제 어디서 찾아들지 모르는 죽음의 위협에 대비하기 위하여, 인간들의 몸에 퇴화된 채 가라앉아 있던 동물적 감각을 우리들은 되살려 무장하고 있었다.

　　그러나 그는 달랐다. 그저 평범하기 짝이 없는, 어떻게 보면 흐리멍텅하기까지 한 눈빛을 가지고 있었다. 그런데 이상한 것은 그런 눈이 이따금 우리를 질리게 한다는 사실이었다. 늘 그런 것은 아니었으나 어떤 경우 불현듯 마주친 그의 눈은 그가 우리와는 전혀 다른 세계에 있는 것 같은 기분을 느끼게 하였다. 문제는 야비하고 모멸스러운 눈을 가진 것은 그가 아니라 우리일지도 모른다는 참으로 황당한 생각이었다. 그의 무심한 듯한 눈빛에는 우리를 향한 냉소와 오만이 잠복해 있는 것 같기도 하였다. 이해할 수 없는 일이었다. 적어도 그에 대해서라면 우리들은 중대장과 마찬가지로 선택된 자들이었고 명백히 우월한 존재들이었다. 한데 그의 시선과 맞부닥뜨려질 때마다 우리는 스스로의 내밀한 추악함이 여지없이 드러나고 마는 듯한 당혹감을 느끼는 것이었다. 중대장의 병태에 대한 턱없는 경멸감도 어쩌면 불가해한 그놈의 눈빛 때문인지도 몰랐다.

"야. 군인의 임무가 뭐야. 전투에도 나가지 못하는 놈이 군인이야?"

중대장은 시시각각 조금씩 다른 각도로 흰빛을 내쏘는 지휘봉으로 황상병의 배를 연방 쿡쿡 찔러대었다. 뜻밖에도 중대장의 이마에서도 땀이 흘러내리고 있었다. 중대장의 얼굴에서 물기를 발견하는 일은 쉽지 않았다. 그의 벙커에 있는 고성능 선풍기나 냉장고에 가득한 얼음 그리고 이가 시리도록 얼려진 맥주나 콜라 캔 혹은 공기의 흐름이 좋도록 잘 고안된 방의 구조 때문인지는 몰라도, 아열대의 푹푹 찌는 열기 아래서도 그의 얼굴은 가을 하늘처럼 맑고 개운했다. 그리고 그것이 중대장에 대한 우리들의 외경심을 더하게 했다.

상당수의 잔류병들이 그랬듯이 황병태가 이번 작전에서 제외된 것은 그의 탓이 아니었다. 출동 전날 밤 작전 회의에서 돌아온 소대장은 아무런 설명없이 황병태를 비롯한 몇몇 사병들을 불러내었고, 결국 그들이 부대 경비 병력으로 남게 되었다. 그뿐이었다. 그런데 그러한 사실을 모르고 있지 않을 중대장이 그토록 면박을 주고 있는 것이 한편으로 의아스럽기도 했다.

어쨌든 가탈스럽기 그지없는 중대장의 공격 대상에서 제외되었다는 것은 여간한 다행이 아니었다. 선택된 자들만이 느낄 수 있는 뿌듯한 자부심, 또한 제 살의 아픈 상처를 박박 긁어대는 것 같은, 좀 자학적이긴 하지만 그래서 더 자극적인 쾌감이기도 했다. 나는 그 기쁨을 내 온몸의 곳곳으로 퍼진 감각의 잔에 담아 즐기고 있었다. 뿐만아니라 어느새 중대장과 한 패거리가 되어 좀 더 동물적이고 잔인한 방법으로 본때를 보여주기를 비는 마음까지 생겨나게 되었다.

얌마! 대가리 쳐들지 마. 무리에 섞여 야몰찬 소리가 구경을 하느라 몰려든 병사들 사이에서 튀어나왔다. 꼬락서니 한번 기똥차다. 야, 봐라. 짱글 빡빡 기다가 이렇게 살껍데기까지 까졌단 말야. 오골오골 몰려든 머리통 가운데에서 톡톡 던져진 그 목소리들은 환희에 북받친 듯 가볍게 떨렸다. 첨엔 장난기 수준에 그쳤던 그들의 말들은 갈수록 노골적인 경멸감을 띄었고 그 빈도도 많아졌다. 그런 분위기에 누구보다도 고무된 것은 바로 중대장이었다. 그는 하늘을 향하여 턱을 치켜들고 뚝뚝 부러지는 말투로 일장 연설을 하기 시작하였다.

"전우들이… 피땀을 흘려가며 행군을 하고 총을 쏘고 적진을 향해 박박 기어가는 동안, 부대에 남아서 한가롭게 씨레이션이나

까 처먹고 낮잠이나 늘어자고 하면서… 이까짓 빵카 보수 작업 하나 끝내지 못했다는 것은 도저히, 참으로 도저히 용서할 수 없는 일이다. 이런 고문관들이 우리 중대에 남아있다는 것은 두말할 것도 없이 우리 부대의 수치고 이 중대장에 대한 모욕이야. 이제부터….”

환호하는 관중 앞에 선 유능한 조련사처럼, 중대장은 황병태와 그와 비슷하게 얼이 빠져있는 잔류 병사들을 교묘하게 닦달해 갔다.

슬그머니 그 무리에서 빠져나온 나는 연병장을 가로질러 기지 외곽을 따라 걸었다. 15번 외곽 초소 옆에 발걸음을 멈추고 무성한 바나나 나무에서 잎 귀퉁이를 조금 찢어내어 이마의 땀을 씻었다. 그리고 외곽 방벽의 마대자루에 걸터앉아 부대 밖 세상으로 시선을 던졌다. 손바닥만한 공간 하나 남겨놓지 않고 빼곡하게 들어찬 풀과 나무들이 구릉들을 따라 거대한 물결처럼 아득히 펼쳐지고 있었다. 그 안에는 전갈과 도마뱀과 독사들이 득시글거리고 있을 것이고 그 위로는 미군 전투기가 여전히 불을 뿜고 있음에도 불구하고 그 모습은 평화로웠다. 파괴와 창조, 생명과 죽음, 애당초 이런 것들은 같은 것일지도 모른다는 생각이 들었다.

아무튼 무어라 형언할 수 없는 느낌에 내 가슴은 자꾸만 스산해져 갔다. 어느 순간 황병태에 대한 동정심 같은 것이 내 가슴에 스며들었던 것일까? 아니면 나도 언제고 그들처럼 될 수 있다는 자각 때문이었을까? 언제든 소대장은 나를 불러 세울 수 있고, 나는 공격대열에서 벗어나 기지 방어 병력으로 남게 될 것이다. 그리고 그 다음은…. 나는 빨간색 동그라미가 선명하게 새겨진 럭키스트라이크 담배갑에서 한 개비를 뽑아내어 빽 하고 피워 물었다.

이번 작전은 말이 작전이지 등허리에서 거치적거리는 소총만 없었다면 야외로 캠핑을 간 것이나 다름없었다. 우리가 진격을 한 것은 아군의 포격으로 쥐새끼 하나 남김없이 초토화되어버린 뒤였고, 수상쩍은 곳은 아예 들어가지조차 않았으니 오히려 심심해서 감질이 날 지경이었다. 우리는 베트콩이고 무엇이고 하나도 없는 천혜의 숲, 열대의 산악에서 시레이션이나 까먹고 파인애플 잔치나 벌이며 놀다 온 셈이었다. 굳이 따지기로 한다면, 40킬로그램에 육박하는 군장과 제대로 써먹기만 한다면 수십 명은 거뜬히 쓰러뜨릴 수 있는 무기며 탄약을 맨몸에 지고 왔다갔다해야 했던 것이 고생이라면 고생이었다.

나는 엉덩이를 털며 자리에서 일어났다. 다섯 시였다. 이제 슬금슬금 숟가락을 챙겨들고 취사장으로 가야 할 시간이었다. 그건 굳이 시계를 보지 않아도 되는 일이었다. 에머럴드빛 드넓은 하늘을 마음껏 휘어잡으며 곡예를 부리던 미군 전투기들이 돌아가고 있었다. 그들은 언제나 그랬다. 우리가 다른 건 몰라도 밥 먹을 시간만큼은 꼭꼭 챙기듯, 그들은 근무 시간만큼은 이 전쟁터에서조차 철저히 고수하였다. 그들은 화려한 사무실에 앉은 고급 셀러리맨처럼 전쟁을 치르고 있었다.

비사앙! 비사—앙! 느닷없이 들려온 소리에 나는 우뚝 발길을 멈추고 사위를 잽싸게 돌아다봤다. 그것은 포병 막사 쪽에서 들려온, 째지는 듯한 아니 비명에 가까운 소리였다. 포병 십여 명이 두 문의 105밀리 포에 달라붙고 있었다. 군복은커녕 런닝셔츠까지 벗어 부친 그들의 웃통이 구릿빛으로 반들거렸다. 포병들은 우리와 같이 한 영내에서 같은 밥을 먹고 지내고 있었지만, 보병인 우리와는 전혀 다른 궤를 따라 살아가고 있었다. 우리 같으면 훈련이건 작전이건 휴식 시간이건 전투복을 벗어젖힌다는 것은 상상도 못할 일이었다. 중대장은 늘 내용에 걸맞는 외양을 강조하였다. 우리들의 외모는 언제나 깨끗하고 단정해야 했으며 군복은 칼처럼 날이 서 있어야 했다. 그리고 허리띠의 버클같이 빛을 낼 수 있는 것은 반짝반짝 빛을 내야 했다. 아무래도 중대장은 생도시절의 화려한 예복을 아직도 잊지 못하고 있는 것 같았다. 어쨌든 포병들의 비상이야 나하곤 상관없는 일이었다.

청명한 하늘 한가운데 바늘구멍만 한 점 속으로 사라져 버린 전투기의 잔영을 좇던 나는 그 아래 뚜악산을 바라보았다. 보통 때엔 꼭지가 뭉툭 잘려나간 깔때기 모양의 그 산 정상에서 꼬물꼬물 움직이는 병사들의 모습이 보이곤 했었다. 우리들은 곧잘 그들의 움직임을 보고 그자들이 무슨 일을 하고 있는지 알아맞춰내는 시합을 하곤 했었다. 그러나 오늘은 아무 것도 보이지 않았다. 폭격과 제초제와 야전삽질로 민둥민둥한 대머리처럼 되어버린 산꼭대기가 기이한 정적 속에 톡 볼가져 있을 뿐이었다. 나는 그제야 뚜악산이 비어있다는 사실을 깨달았다.

중대기지와 베트공의 은거지인 정글의 중간 지점에 있는 뚜악산은 우리 작전 영역인 월남 중부 뚜이안군郡의 몇 개 요충지 중 하나였다. 괴물의 음흉한 뱃속 같은 정글지대가 앞마당처럼 훤히 들여다보여서, 중대에선 이 개 분대를 번갈아 파견해 놓고 있었다. 그러나 오늘은 뚜악산이 비어있었다. 작전 병력을 단 한 명이라도 더 증원키 위하여 중대장이 병력을 철수시켰기 때문이었다. 중대장이 그 산의 중요성을 간과했을 리는 없었다. 하지만 가만히 앉아서 언제 나타날 지도 모르는 적을 기다리는 것보다, 산야의 구석구석을 누비며 적을 찾아 나서는 것이 보다 그의 구미에 맞는 일이었을 터였다. 더구나 이번 작전은 각 부대에서 전례가 없을 정도로 많은 병사들과 장비를 출동시킨, 일종의 경연대회 같은 분위기 속에 진행되었다. 아무튼 비어있는 뚜악산 정상을 바라보며, 나는 집으로 돌아와 아무도 없다는 사실을 깨달은 어린아이처럼 가벼운 공포감을 느꼈다.

방위각 하나 칠 공! 사각…. 알아듣지 못할 숫자가 갈기갈기 찢어지는 목소리로 한동안 나열되더니 찰칵 하고 포탄이 장전되는 금속음이 날카롭게 들려왔다. 그리고 바알싸! 하는 우렁찬 구령과 함께 포탄이 치솟았다. 터엉—! 순간 가슴이 덜컥 내려앉았다. 그 엄청난 진동에 내 몸은 짧은 순간 바르르 떨렸다. 회오리처럼 휘몰아쳐 온 흙먼지와 암회색 화약연기가 가라앉고 한참이 지나기까지 뼛속까지 스며든 그 진동의 여운은 가시지 않았다.

중대장은 여전히 포로들처럼 보이는 잔류병력 앞에서 자신의 역할을 열심히 수행하고 있었다. 흰 빛살 자국을 허공에 남기며 지휘봉을 휘두르기도 하고, 양손을 허리에 얹어 당장이라도 권총을 뽑아버릴 자세를 취하기도 했다. 그의 턱이 자주 하늘을 향해 치솟는 것으로 보아 지금 대단한 열변을 토해내고 있는 모양이었다. 중대장을 에워싸고 있던 병사들은 어느새 거의 다 흩어지고 없었고, 대신 취사장 안이 복작대었다. 배식이 곧 시작될 모양이었다. 터엉! 텅! 우리 중대 포대에서 발사된 포탄은 연방 뚜악산 저편 적진을 향해 날아갔고, 그럴 적마다 바나나 나무가 넓적한 잎을 비틀었다.

그때였다.

나는 중대장과 그다지 멀리 떨어져 있지 않은 철조망 근처에서 무엇인가 풀썩이는 것을 목격하였다. 그것은 눈에 보이는 물체가 아니었고 바람과도 같은 세차게 뻗쳐오르는 어떤 기운이었다. 때마침 발사된 105밀리 야포 소리 때문에 소리는 들려오지 않았지만, 흙먼지가 역삼각형으로 퍼져오르고 근처의 풀들이 뿌리채 뽑혀나갈 듯 하늘을 향해 줄기를 뻗치다가는 힘없이 가라앉는 것이 어떤 종류의 폭발물이 터진 것이 분명하였다.

"어떤 새끼야!"

중대장이 냅다 소리를 지르며 주변을 휘둘러보았다. 비명에 가까운 소리였다. 몹시 당황한 듯 했다. 그는 엉겁결에 지휘봉마저 떨어뜨리고 폭발물이 터진 곳을 향하여 냉큼 달려갈 듯이 돌아서 있었다. 나는 누군가가 수류탄 오발 사고를 낸 것이라 생각하였다. 그런 일은 이따금 있었다. 손만 뻗치면 수류탄이고 크레모아 지뢰 등 무시무시한 폭약들이니 그럴 법도 하였다.

그러나 그것이 아니었다. 다음 순간 쉬익쉬익 하는 소리가 머리 위를 가로질렀다. 가느다란 회초리로 허공을 가르는 소리, 그것은 아군의 105밀리 포대에서 포탄이 발사되는 사이, 십수 초의 정적 속에서 들려왔다. 나는 본능적으로 자리에 엎드렸다. 온몸에 소름이 돋아나 있었다. 드디어 올 것이 왔구나. 절망과 공포가 마구잡이로 뒤엉켜진 뇌리 속에 죽음이라는 단어가 짧게 스치고 지나갔다. 그것은 적의 박격포탄이 날아오는 소리였다. 아니나 다를까. 하낫 둘 셋을 채 세기도 전에 연병장 한 구석이 흙먼지를 뿜어내며 솟구쳐 올랐다. 이번엔 4소대 막사용 벙커 앞이었다. 포탄이 날아와 터진 곳의 엄청난 진동이 공기를 타고 전해져왔다. 수천수만의 날카로운 금속 파편들이 내 몸에 한꺼번에 날아와 박히는 것 같은 파열음이 들려왔고, 유황불이 쏟아지는 듯 매캐한 화약냄새가 콧구멍을 쑤시고 들어왔다.

"포탄이다—."

그 소리는 취사장에서 튀어나왔다. 누군가가 악을 써 내지른 그 소리는, 떠들썩한 분위기 속에 저녁 배식을 기다리던 병사들을 거의 공황 상태로 빠뜨리고 만 듯했다. 취사장 안에서 복작이던 병사들이 앞을 다투어 뛰쳐나와 연병장을 가로질러 막사용 벙커를 향해 뛰기 시작했다. 그 광경이 너무나 급작스럽고 거세어서, 제방의 갈라진 틈으로 쏟아지기 시작한 봇물을 연상케 하였다. 그때 나에게도 한 생각이 번뜩이며 스쳐갔다. 너무나도 기계적이고 즉각적인 반작용이었다. 그 생각은 빨리 막사로 돌아가야 한다는 것이었다. 촌각을 다투어 뛰어가서 전투복을 차려입고 군화끈을 조여매고 M—16 소총을 쥐고 지정된 진지에 투입하여야 한다는 것이었다.

몸을 일으켜 세운 나는 발끝에 힘을 주었다. 그러나 막 달려가려는 순간 세상을 한꺼번에 뒤집어 놓는 듯한 세찬 폭발음과 함께 그 자리에 주저앉고 말았다.

—아이구, 어머니이…. 아악! 어머니이.

그 소리가 들렸다. 월남이라는 전쟁터, 때아닌 곳에서 느닷없이 들려온 어머니란 소리. 그 소린 공포과 고통을 참지 못해 내지르는 비명과 뒤범벅이 되어 내 가슴팍을 들쑤시고 들어왔다. 생

의 낭떠러지에 이른 절박함이 가득 배어있었다. 아열대의 태양
광선을 받아 황금빛으로 번들번들 빛나던 연병장을 단숨에 삼켜
버린 암회색 연기가 흩어지자 고꾸라져 있는 수많은 병사들의
모습이 드러났다. 그 모양이 덤프트럭에서 와르르 쏟아진 돌무더
기 같았다. 그들은 하나 같이 움직이질 못했다. 몇몇 병사들이 피
투성이가 된 팔다리며 가슴을 붙들고 어머니를 부르고 있을 뿐이
었다. 그들 속에는 깜박 잠이라도 들어버린 듯이 태평하게 드러
눕거나 배를 움켜쥔 자세로 미동도 하지 않는 녀석들도 있었다.

눈에 불똥이 튀었다. 도대체 무엇을 어떻게 해야 한단 말인가.
나는 정신없이 기었다. 그러다가 정말로 다행스럽게 부대의 외곽
을 따라 빙 둘러 파놓은 교통호에 굴러 떨어질 수가 있었다. 나는
두더지처럼 교통호를 기어갔다. 긴 것이 아니라 거의 뛰다시피
하였다. 막사로, 막사로 빨리 가야 한다. 가서 군장을 차리고 총
을 들고 나와야 한다. 내 가슴은 잠시 쉬지도 않고 옥죄어오는 그
생각에 벌떡이고 있었다. 얼마나 달려갔을까? 한순간 나는 무서
운 완력에 끌려 주저앉혀지고 말았다.

"박 상병. 엎드려!"

누군가가 나의 허리를 붙들고 소리쳤다.

"너 죽고 싶어? 그렇게 뛰어가다간 포 맞아 죽어! 가만히 엎드
려 있어."

황병태였다. 조금 전까지 중대장으로부터 수모를 당하던, 거

기에 더하여 나를 포함한 뭇 병사들의 조소까지 받아야 했던 황병태. 그가 내 어깨를 힘껏 잡아 눌렀다. 그리고 자기 수통의 물을 내게 먹여 주었다. 내 목이 얼마나 타고 있었던가를 나는 그 미지근한 물이 꿀꺽꿀꺽 목구멍을 넘어갈 적마다 깨달았다.

두 사람 들어가 있기도 빠듯한 그 참호에는 또 하나의 사병이 있었다. 월남에 온 지 한 달도 되지 않은 신 일병이었다. 그는 호 한 구석에 몸을 웅크리고 있었다. 황병태가 내 어깨에 손을 얹어 무엇인가를 닦아내었다. 그의 손에선 피가 묻어 나왔다. 나는 까무라치듯 놀랐다.

"내가… 맞았어요?"

"아니야. 그냥 좀 다쳤어. 교통호를 달려오다가 흙벽에 씻긴 것 같아."

황병태가 손바닥에 묻은 시뻘건 피를 자신의 바지에 닦으며 말했다.

"사람들이 많이 다쳤어. 죽은 사람만 쳐도 스무 명은 될 거야."

그렇게 말하는 황병태를 신 일병이 바라봤다. 그의 눈동자는 놀란 원숭이처럼 동그랗게 변해 있었다.

연방 포탄이 날아와 터졌다. 그것은 단순한 폭발음이 아니었다. 그 소리는 악마의 저주였다. 살기 그 자체였다. 나는 포탄이 터지는 소리가 쿵―이 아니라 쨍―이라는 사실을 깨닫고 있었다. 이야기에서나 영화에서나 그 소린 그저 쿵―하는 둔중한 울림으로 표현되어 있었다. 그러나 그것이 얼마나 허구에 찬 것이었던가. 고막을 파고든 것은 세상의 모든 것을 갈기갈기 찢어낼 듯한 살기로 가득 찬 쨍 소리였다.

"저것 봐."

황병태가 참호 위로 철모를 쓴 머리를 비죽 내밀어 연병장을 바라보았다. 나는 밖을 내다 볼 용기가 나지 않아 가만히 앉아 있었다. 다른 어느 것에도 신경 쓰고 싶지 않았다. 당장 죽을지도 모른다는 자각만으로도 내 머리는 터질 지경이었다.

"연병장이 새카매. 저기 움직이지 않는 녀석들은 모두 죽은 거야. 왜 죽었는지 알아? 이것저것 생각할 겨를도 없었지. 비상이 터지자, 저 친구들은 모두 한 가지만 생각했어. 완전군장 말야. 빨리 내무반으로 가서 완전군장을 해야 한다, 그 생각뿐이었어. 그래서 연병장을 가로질러 달려간 거야. 그게 막사까지 가는 지름길이었으니까. 우린 언제나 그렇게 훈련을 받아왔기 때문에 기계적으로 그렇게 행동하게 된 거지. 하지만 번쩍이는 군화나 바짓가랑이에 난 칼 같은 주름으로 목숨은 지켜지지 않아. 차라리 저 녀석들이 겁쟁이였다면, 겁이 많아서 오도가도 못하고 그 자리에 꽉 엎드려 떨고만 있었다면, 저렇게 죽지는 않았을 거야."

또 한 발의 포탄이 날아와 1소대 벙커 앞에서 터졌다. 그곳에서 꽤 먼 곳에 서 있는 바나나 나무의 넓은 잎이 경련을 일으키듯 나부끼더니 너덜너덜 찢겼다. 연병장에선 더 이상 어머니 소리가 들려오지 않았다. 생의 마지막 순간에 이르러, 겁에 질린 어린 아이들처럼 어머니를 찾던 그들은 모두 싸늘한 시체로 변해 있을 터였다. 그렇게 활기에 넘치던 중대 기지는 한순간에 죽음의 늪으로 변하고 말았다. 괴괴하고 칙칙한 공기가 기지 하늘을 뒤덮고 있었다. 그것은 더이상 이승의 풍경이 아니었다.

"우린 그저 잘 훈련된 개였어. 휘파람 소리가 나면 무조건 뛰어나갈 수 있도록 훈련된 개. 상대가 곰이건 콘크리트 벽이건, 그저 무조건 달려가 머리를 처박고 죽는 것을 전부로 아는 개. 사람이었다면 뛰어가기 전에 생각했을 거야. 뛰어나가는 것과 주저앉는 것, 어느 것이 더 현명한 것인가를 말야. 그러나 개는 생각할 필요가 없지. 생각 같은 건 인간에게 맡겼으니까. 공격. 공격. 포탄이 날아와 터지자 그들은 공격만을 생각했어. 그래서 옷을 입으러 달려갔지. 적어도 조금 전까지 복장은 모든 일의 우선이었으니까. 사느냐 죽느냐 하는 순간에 옷을 생각하게 되다니…."

고문관 황병태의 말엔 뜻밖에도 힘이 있었다. 힘이 있었고 굴곡 없이 쏟아지는 물줄기처럼 논리 정연했다. 나는 황병태의 새로운 모습을 보고 있었다. 아니 이것이 진짜 그의 모습일 것이었다. 왜냐하면 지금은 무엇을 꾸미고 가꾸고 은폐할 상황이 아니었기 때문이었다.

병태가 붙인 불씨는 엉뚱하게도 나의 아버지에게 날아가 지펴지고 있었다. 사상 유례가 없이 강하다는 태풍이 몰아치던 날, 어머니의 만류에도 불구하고 아버진 택시를 끌고 나갔다. 그리고 한 시간도 채 되지 않아 재개발지구 무너진 옹벽에 깔려 세상을 버리고 말았다. 아버진 먹고살아야 한다는 사실 때문에 다른 것은 거들떠보지 않았다. 이것이 그런 경우가 아닐까? 우리는 눈앞에 보이는 어떤 것 때문에 보다 소중한 무엇을 잊고 있는 것은 아닐까?

슈욱…슉! 새벽하늘을 회초리로 후려치는 듯한 소리가 끊임없이 들려왔다. 그리고 그 끝에는 어김없이 날카로우면서도 괴기서린 폭발음이 일어나 세상을 뒤집어 놓곤 했다. 뚜악산 건너 음험한 밀림 어디에서 발사된 적의 박격포탄은 기지를 마음껏 유린했다. 좌에서 우로, 위에서 아래로, 그것은 한 치의 오차도 없었다. 죽음의 세계가 우리로부터 일 미터 혹은 이 미터 거리를 두고 펼쳐졌다 사라지곤 했다.

사람 둘 서 있기에도 비좁은 참호의 바닥 한 구석에서 신 일병은 몸을 달팽이처럼 웅크리고 있었다. 하나님. 살려주세요. 아이고 하나님 아부지. 한번만 살려주세요. 머리 위로 모아 쥔 그의 두 손을 타고 그의 간절한 절규가 하늘로 솟았다. 그는 기독교인이 아니었다. 그러나 그의 애타는 기도가 전혀 어색하게 들리지 않았다. 종교라는 것을 어리석기 짝이 없는 자기도취쯤으로 치부해 버리곤 하던 나에게까지도 그의 말은 이 상황에 딱 들어맞는 특효약처럼 여겨졌다. 우리가 들어있는 깊이 일 미터 남짓한 참호는 우리의 생명을 의탁하기엔 너무나 우스운 것이었다. 철판이든 콘크리트든 마찬가지였다. 지금 이 순간 우리의 생명을 보호할 수 있는 것은 지구 상엔 존재하지 않았다.

포탄의 폭발음 사이 짤막한 정적을 타고 금속음향이 들려왔다. 싸아 싸아ㅡ. 철판을 때리는 가느다란 빗소리처럼 들려오는 그것은 옆의 호에서 들려오는 무전기 소리였다. 우리의 귀는 그쪽으로 바짝 기울여졌다. 나는 무전기에서 카랑카랑한 중대장의 음성을 기대하였다. 평소 중대장을 좋아하는 것은 아니었지만, 지금 이 순간에는 그의 어떤 명령이라도 용기백배하여 수행할 수 있을 것 같았다. 언젠가 우리에게 하였던 죽음의 계곡 운운하는 말도 바로 이런 경우를 뜻했을 것이었다. 일어나라! 그는 이렇게 말할 것이었다. 일어나서 중대장과 함께 싸우자! 그럼 나는 이 자리에서 벌떡 일어나 무엇이든 해 낼 참이었다.

하지만 무전기에서 들려오는 소리는 너무나 엉뚱한 것들이었다.

"포쏴포쏴포쏴포쏴…."

"못쏩니다. 어딜 쏴야하는지도 모르고 어떻게 쏘란 말입니까. 못쏩니다 못쏩니다…."

서로 다른 음색으로 들려오는 그 소리는 중대장과 박격포 소대장의 말이었다. 중대장의 목소리는 떨리고 있었다. 평소 무전에서 사용하는 음어나 약호는 한마디도 섞이지 않은, 포 쏴, 포

쫘 하는 단 두 음절의 다급하고 원색적인 말이 그걸 증명하였다. 신 일병이 땅에 머리를 처박고 하나님을 외듯, 그는 지금 자기 벙커에서 무전기를 붙들고 앉아 마법의 주문이라도 되는 듯이 그 소리만 연발하고 있었다. 박격포로 응사를 하라는 중대장의 말도, 아직 적의 포진지가 밝혀지지 않았고, 포탄이 우박 쏟아지듯 하는 상황에 누구를 박격포가 있는 연병장에 내보내겠느냐는 화기 소대장의 말에도 일리는 있었다. 하지만 조금 전까지 이 자리에서 콱 죽어져도 좋을 것만 같았던 나의 사기는 일순간에 흔적도 없이 사라지고 말았다.

"가만!"

황병태가 부스럭거리는 나를 제지하였다. 순간 회초리로 새벽 물살을 가르는 그 소리가 크게 부각되었고, 그로부터 숫자 열을 헤아리기도 전에 매캐한 연기와 굉음 속에 연병장을 뒤집어 놓았다.

"잘 들어봐. 저쪽."

황병태가 뚜악산 왼쪽 능선 뒤쪽 정글을 가리키며 말했다.

"포 쏘는 소리가 저쪽 골짜기 한가운데 어디에서 나는 것 같아."

야자나무 숲이었다. 그곳엔 수백 그루의 야자나무들이 키 작은 열대우림 위로 쑤욱 허리를 뻗고 서서 갈기처럼 흐트러진 머리칼을 허공에 풀고 있었다. 귀를 기울이고 있노라니 거기 어디에서 뿅! 하고 포도주병 코르크 마개를 뽑는 듯한 소리가 들려왔다. 그리고 연이어 음험한 암살자처럼 은밀히 포탄이 하늘을 건너오는 소리가 슈욱슈욱 들려오고 이내 지축이 흔들렸다. 적이 우리를 향해 포를 쏘아대고 있을 것으로 짐작되는 그곳은 미군 팬텀기로부터 바톤을 이어받아 105밀리 포대가 사격을 가하던 곳이었다. 비행기가 돌아가자 공습으로 받은 피해에 화풀이라도 하는 듯이 베트콩들은 우리 진지에 포격을 가했던 것이었다. 관측 초소로 쓰이던 뚜악산이 비어 있으니, 적의 입장에서 그것은 누워서 떡먹기였다. 우리 진지는 광고라도 하는 양 벌판에 노출되어 있는 반면, 그들은 작은 나무 한 그루로도 모습을 감출 수가 있었다. 그것도 아군의 대포가 발사되는 순간에 포탄을 까 넣었으니 소리 하나 들려올 턱이 없었다. 결국 우리는 아무것도 알아채지 못한 채 속수무책으로 당할 수밖에 없었다.

"저쪽이야, 저쪽!"

황병태는 옆 호에 있는 무전병을 향해 소리쳤다. 그쪽에서는 응답이 없었다. 그들 역시 포쏴포쏴못쏩니다못쏩니다 하는 무전기 소리를 들으며 대책없이 엎드려 있을 것이 분명했다. 몇 차례 고함을 질러도 응답이 없자 황병태는 돌멩이를 던졌다. 그제서야 그쪽에서 철모를 뒤집어 쓴 머리 하나가 비죽이 올라왔다.

"저쪽이야. 뚜악산 왼쪽 골짜기 야자나무 숲."

그 사실은 즉각 무전기로 보고되었다. 연이어 중대장이 대대에 포 지원 사격을 요청하는 소리가 무전기에서 흘러나왔다. 그러나 그 지점은 높은 산으로 둘러싸인 골짜기여서 아군의 곡사포로는 사격이 불가능하고 그쪽 박격포로는 사정거리 밖이라 방법이 없다는 회신이 왔다. 그래서 어떻게든 우리 쪽에서 반격을 시도하라는 지시가 떨어졌다.

"쏘란 말야. 이건 대대장 명령이야."

"불가합니다. 지금 연병장에 나가면 당장 죽어요."

무전기는 또다시 바빠지고 있었다.

그 어느 때였다. 나는 황병태의 눈빛이 달라져 가고 있음을 발견했다. 무엇인가 소로록 가라앉아가고 있는 것 같던 그의 눈빛은 뜻 모를 광채로 채워지고 있었다. 그는 철모를 눌러쓰고 턱끈을 조였다. 그 뜻밖의 움직임을 지켜보는 나는 숨이 가빠지고 있었다. 한순간 그의 입에서 나지막한 한 소리가 튕겨 나왔다.

"나가자!"

혼자만의 중얼거림이었다. 그러나 그 소린 내가 여지껏 들었던 그 어떤 것보다도 준엄한 명령처럼 들렸다. 황병태는 그 명령과 함께 호를 빠져나가, 포복을 시작하였다. 우리가 있던 호에서 20여 미터 거리에 한 개의 박격포 진지가 있었다. 평상시 몇 걸음이면 닿을 거리였지만, 그가 기어가고 있는 동안 그곳은 이십여 리는 되는 듯이 느껴졌다.

그가 박격포 진지 안으로 잽싸게 기어들었을 때, 나는 깜짝 놀란 듯이 주위를 휘둘러보았다. 살아 움직이는 것이라곤 하나도 보이지 않았다. 기지 외곽을 따라 둘러쳐진 황량한 철조망을 배경으로 이파리가 찢겨져 나간 바나나 나무들과 메마른 땅에서 수분을 모조리 빨아 삼키고 사람 키만한 높이로 서있는 선인장 군락, 커다란 암반처럼 지상으로 낮게 몸을 드러내고 있는 지하 벙커와 검정색 칠이 된 관측 초소들만이 긴장 서린 공중에 묵묵히 머리를 쳐들고 있었다. 그것들이 살아있는 인간의 것이라곤 상상이 되지 않았다. 마치 지하세계의 한 부분을 떠다 놓은 듯 했다. 그 기괴한 분위기 위로 죽음의 망령들이 떼로 몰린 박쥐들처럼 날개를 퍼덕이었다.

황병태의 모습은 보이지 않았다. 대신 박격포 옆에 파놓은 포탄 보관용 호에서 대여섯 발의 포탄이 또르르 굴러 나왔다. 그리고 얼룩무늬 철모를 깊이 눌러쓴 황병태가 모습을 드러내었다. 그는 기민하게 몸을 움직여 포를 조작하였다. 몇 분의 시간이 가슴의 퉁탕거림 속에 지나갔다. 숨막히는 시간이었다. 내 입에선 가벼운 신음이 새어나왔다. 으스러져라 악문 입은 더 이상 열려질 것 같지가 않았다. 이윽고 조준을 끝낸 병태는 포상 위에 널려져 있는 박격포탄을 포구에 밀어 넣었다. 슈쿵! 폭음과 함께 포탄이 하늘로 치솟았다. 그것은 참으로 대단한 환희에 찬 파열음이었다. 새로운 탄생과도 같은 기쁨을 그것은 주었다. 슈쿵! 슈쿵!

슈쿵! 황 상병은 정신없이 포탄을 쓸어넣고 있었다. 그러던 다음 순간 나의 눈은 무서운 완력에 의하여 무참히 닫히고 말았다. 지금까지의 어느 것보다도 크고 분명한 폭발음이 한순간 내 정신을 둘둘 말아가 버렸기 때문이었다. 매캐한 화약냄새와 함께 흙먼지가 무서운 기세로 콧속을 파고드는 순간, 나의 몸은 어느새 교통호 바닥에 너죽이 엎드려 있었다.

고요. 지구 상의 모든 움직임이 정지해 버린 것 같은 고요가 흘렀다. 그것은 의외로 오래 계속되었다. 그리고 서서히, 아주 먼 데서 밀려오고 있는 물결처럼 한 소리가 솟아났다. 그것은 처음엔 아주 작게 그리고 간헐적으로 들려왔다. 그러나 곧 그 소리는 거대한 파도가 되어 하늘을 덮었다.

─해제─. 해제에. 살았다─. 해제─.

환희의 대합창곡처럼 들려오는 그것은 병사들의 함성이었다. 그동안 지속되어온 침묵과 정적이 이상스럽게 여겨질 만큼 밝고 우렁찬 소리였다. 적의 포격이 끝난 것이었다. 나는 재빨리 몸을 일으켜 세웠다. 그리고 황병태가 있던 곳을 내다보았다. 없었다. 아무것도 보이지 않았다. 그럴 리가! 나는 뒷골이 화끈 조여옴을 느끼며 밖으로 뛰어갔다.

"각 소대는 피해 상황을 신속히 파악 보고하고, 사역병을 삼 명씩 차출, 중대 상황실 앞에 집합시켜라. 이 고문관 같은 자식들. 도대체 어떻게 해놨길래 그까짓 포 몇 발에 방카가 이렇게 허물어지나. 빨리 움직여. 그리고 화기 소대장을 포함해서 각 소대장은 지금 즉시 중대장실로 집합. 복장은 단독군장.”

중대장이 상아 박힌 권총을 거들먹거리며 그렇게 소리를 치고 있었다. 사상자를 가득 실은 두 대의 트럭이 꽁지 빠진 망아지처럼 부대 정문을 빠져나가고 있었다. 텅! 텅! 다시금 비상이 걸린 105밀리 포대에선 뚜악산 옆 야자나무 숲을 향하여 포탄을 날리고 있었다. 그동안 당했던 수모에 앙갚음이라도 하려는 듯이 기세가 대단했다.

나는 바나나 나무가 서 있는 흙방벽 위에 올라서서 부산하게 움직이고 있는 중대 기지를 내려다보았다. 지금쯤 소대에선 나를 찾느라 요란을 떨고 있을 것이 분명했지만 그곳으로 돌아가고 싶지는 않았다. 나의 손에 들고 있던 철모를 다시금 들여다보았다. 황병태라는 이름이 적혀진 그 철모는 적의 포탄을 맞아 갈기갈기 찢어진 박격포 진지에서 십 미터나 떨어진 곳에서 발견되었다. 그 철모에는 팥알처럼 생긴 핏방울이 엉켜있었다. 그것이 왜 거기에 놓여 있었는지 아직은 아무도 모를 것이었다. 도대체 그는 어떤 인간이었는가? 나는 그 사실을 언제든 밝혀야 한다고 생각했다.

어느덧 어둠이 지고 있었다. 뚜악산 너머 에머럴드빛 하늘이 잘 익은 자두의 빛깔로 물들어가고 있었다. 고향엔 벌써 해가 졌

겠지. 언뜻 떠오른 그 생각에 눈시울이 뜨겁게 달아오르기 시작
했다.

겠지. 언뜻 떠오른 그 생각에 눈시울이 뜨겁게 달아오르기 시작
했다.

소풍 가는 길

　　푸른색 유리문을 밀치고 밖으로 나왔다. 그녀는 그곳을 기억에라도 담아두려는 듯이 슬몃슬몃 고개를 돌려 꼼꼼히 바라보았다. 여긴 우리가 머문 마지막 장소가 될 것이었다. 파라다이스. 이 모텔의 이름은 천국이었다.

　　하늘은 잔뜩 찌푸린 상태였다. 짙은 암회색 구름이 험준한 등성이와 깊은 골짜기를 이루며 가득히 펼쳐져 있었다. 자동차 문을 여는 순간 몇 방울의 빗물이 앞유리창에 후드득 떨어졌다. 포도알만 한 빗방울들이 머리를 디밀고 내려와 떨어지는 기세가 이제 곧 내릴 비가 심상치 않은 것임을 예감케 했다. 과연 불과 십여 초 뒤, 지상의 모든 것들이 닫혔던 입을 열고 쏴아 하는 소리를 내지르기 시작했다. 구름으로 가득 찬 하늘 곳곳에서 모습을 드러낸 굵은 빗방울들이 허공을 가득 메우며 쏟아져, 모텔의 주황색 지붕과 타조알 모양의 돌이 숭숭 박힌 담벼락 그리고 주차장 시멘트 바닥을 홍건히 적셔버렸다. 마당의 가장자리 배수구에선 어느새 졸졸 물 흐르는 소리가 들렸다. 순식간의 일이었다.

"정말 태풍이 오는가 봐요."

차에 오르며 은주가 말했다. 좀 쉰 듯한 그녀의 목소리에는 마치 태풍을 못내 기다려온 듯한 설렘이 스며있었다. 모텔 앞 해송의 굵은 가지 사이로 낮은 구름이 술렁였다. 드넓기만 하던 바다는 얼마 가지 않아 암회색 먹장구름에 뒤섞여버렸다. 그곳에서 더욱 드세어진 바람이 습기를 머금은 채 불어왔다. 나는 비를 그리고 태풍을 좋아했다. 하늘의 조화라고나 할까 아니면 신의 저주라고나 할까? 지상의 온갖 것들을 단숨에 쓸어가 버릴 거대한 힘을 나는 그것에서 고대하고 있었다.

자동차 천장에 구멍이라도 내버릴 듯 내리꽂히는 빗방울 소리를 한동안 귀청에 쓸어 담고 난 뒤, 나는 기어를 넣었다. 차는 서서히 폭풍우 속으로 이끌려 갔다. 이제는 돌아올 수 없으리라. 어느 곳으로도 돌아올 수 없는 여정. 아쉬움과 두려움이 복잡하게 얽힌 기묘한 기분이 가슴을 가득 메웠다. 내가 없이도 이곳엔 해가 뜨고 질 것이었다. 삶을 주체할 수 없는 수많은 사람이 찾아오고 또 저놈의 바다는 감당할 수 없는 낭만을 뿜어대면서 천연덕스레 널브러져 있으리라.

우리는 한 시간 가까이 낯선 도시를 헤매었다. 시야를 얽어매는 잡다한 선과 표지판, 시시때때로 발목을 휘어잡는 신호등과 사생결단을 한 듯 맹렬한 기세로 달려드는 차량들 사이에서 힘 겨운 곡예를 벌이고 난 뒤, 우리는 멀리 낮은 산을 끼고 막막하게 엎드려 있는 벌판에 올라설 수가 있었다.

라디오 스위치를 눌렀다. 기다렸다는 듯이 한 무더기의 소리가 엔진음만 가득 깔려있던 차 안에 쏟아졌다. 연이은 태풍 소식이었다. 태풍이 눈에 띄게 가까워지고 있었다. 제주도를 지난 태풍이 이곳을 향해 돌진해 오고 있다고 라디오는 전했다. 낮은 구름에 휩싸인 산악과 들판이 조금씩 다가왔다가는 차창 뒤로 빠르게 사라져 갔다. 빗발은 드세어져 땅에 구멍이라도 낼 듯한 기세로 쏟아졌고, 나무들과 풀포기들은 비바람에 뿌리째 뽑혀 나갈 듯이 나부꼈다.

“비가 참 많이 내리네요. 비 때문에 하늘과 땅이 하나로 된 것 같아요. 꿈을 꾸고 있는 것만 같아요. 전에 이런 꿈을 자주 꿨어요. 아주 넓은 사막 같은 곳이라든지 한없이 뻗어 있는 길 같은 것 말예요. 그런 곳을 하염없이 걷곤 했죠.”

갑자기 말을 잃어버린 사람처럼 오랜 시간 동안 침묵에 잠겨 있던 은주가 입을 열었다. 정말 우리는 지금 은주가 밤마다 꾸어대는 꿈의 현시를 보고 있는 것인지도 몰랐다. 우리가 폭풍우를 벗어날 듯이 달려가고는 있지만, 우리가 닿을 곳은 결국 폭풍우의 심장부일 것이었다. 그것에서 벗어나기 위하여 꿈에서 깨어나야 했다. 그런데 우리의 꿈이란 무엇일까? 우리에게 현실이란 무엇일까?

태풍에 관한 뉴스가 잠시 끊기고 빠르고 경쾌한 록 풍의 음악이 흘러나왔다. 긴장된 시청자들의 마음을 풀어주려는 방송국의 배려일 터였다. 상황에 어울리지 않게 내 어깨도 이삼 초 위아래로 으쓱거렸다.

"춤춰봤어요?"

나는 한결 밝아진 목소리로 물었다.

"아뇨. 못 춰요."

"왜요?"

"부끄러워서요."

"뭐가요?"

"언젠가 회식 때 노래방에서 직원들이 성화를 부리는 바람에 앞에 나가 몸을 잠시 흔들어봤는데, 도저히 안 되겠더라고요. 그래서 손바닥으로 얼굴을 감싸고 돌아와 제 자리에 앉고 말았어요."

"누가 놀리기라도 하던가요?"

"네. 그랬어요. 제 몸에서 빠져나간 또 하나의 내가 날 쳐다보며, 이년이 미쳤어, 하는 것 같았어요."

"그렇겠군요. 마음이 밝지 않으면 춤 같은 건 절대 못 추죠."

은주의 말이 맞았다. 언제나 어둡고 언제나 긴장감으로 가득 차 있던 내 인생에도 춤 같은 건 없었다.

"그건 그렇고 에이즈 환자 보신 적 있어요?"

"에이즈 환자 말이죠? 그 불치병. 말로만 들었지 직접 보진 못했어요. 죽음을 이고 하루하루를 살아가는 그들의 심경은 어떨지 궁금하긴 했어요."

"전 봤어요. 성북동 어떤 병원에서 친구가 간호사로 일하고 있거든요. 그 친구를 만나러 갔는데, 병원 현관 앞에 119구급차가 서 있고, 구급대원들이 한 외국인 남자를 차에 태우고 있었어요. 백인이었는데 키가 우리 한국 사람 보통 키만 하고 순하게 생긴 사람이었어요. 그 사람이 반팔 티를 입고 있었는데, 옷 밖으로 드러난 두 팔이 하얀 비늘로 덮여 있어서 손으로 문지르면 바삭바삭하면서 조각들이 떨어져 내릴 것 같았어요. 꼭 밀가루를 뒤집어쓴 것 같았어요. 사람들이 대여섯 구급차 주변에 서서 그 남자를 불쌍하다는 듯이 바라보았죠. 대체로 불쌍하다는 듯 혀를 쯧쯧거렸는데, 어떤 사람은 노골적으로 냉소를 띠고 있었고 깜짝 놀라며 얼른 시선을 피하는 사람들도 있었어요. 너같이 더러운 놈은 죽어도 싸다 하고 말하는 것 같았어요. 난 지금도 그 사람들 이해할 수가 없어요. 너무 하잖아요. 그 사람도 사람이고 단지 병에 걸렸을 뿐인데…."

가까운 곳에서 은빛 섬광이 번쩍이고 천둥이 울렸다. 화가 난 듯 시근덕거리던 은주는 잠시 말을 끊었다. 나는 번개가 스쳐 간 뒤의 벌판을 바라보며 생각에 잠겼다. 사람들의 시선이 자신을 샅샅이 훑는 사이 동물원의 원숭이가 된 그는 기분이 어땠을까? 죽음은 다 똑같은 것인데 어떤 것에는 칭송과 찬사가 쏟아지고 어떤 것은 부끄럼과 수치의 대상이 되는 것이 현실이었다.

"그런데 잊을 수 없는 건 그 사람의 눈빛이었어요. 모든 것을 다 내려놓은 듯한, 그러면서도 모든 것을 다 담고 있는 듯한 그런 눈이었어요. 그 사람은 자신의 죽음을 빤히 보고 있었지만, 죽음은 그에게 별문제가 되지 않는 것 같았어요. 세상을 다 알아버린 듯한 눈빛이었어요. 모든 희망을 다 놓아버리고 슬픔조차 체념해 버린 듯한 조용함, 무심한 듯하면서도 애잔했던 눈빛이 지금도 잊히질 않아요."

우리는 남해고속도로를 달리고 있었다. 진영? 함안? 그러나 여기가 어디쯤인지는 알 수가 없었다. 장대처럼 쏟아지고 있는 비의 장막을 뚫고 반대편 차선에서 승용차가 한 대 달려오고 있었다. 빠르게 돌아가고 있는 차바퀴에선 허연 물방울들이 사선을 그리며 튀어 올랐다. 바삐 움직이는 윈도우브러쉬 틈새로 운전자 모습이 보였다. 자그맣게 뭉쳐진 어둠의 덩어리 같은 그 모습에서 외로움이 느껴졌다. 저자는 어쩌자고 이렇듯 지독한 폭풍우 속에 차를 몰아야 했을까? 격에도 어울리지 않게 그런 생각이 들었다.

자동차 핸들이 자꾸만 미끄러졌다. 도로에 흥건하게 뒤덮여 있는 빗물 때문이었다. 핸들을 잡은 손에 힘을 더해 가며 나는 전진을 계속하였다. 갈 길을 정해 놓은 것은 아니었다. 돌아올 길을 염두에 두지 않은 비현실적인 여정을 우리는 달리고 있었다. 반대쪽 차선으로 차가 사라져 버리자 나의 시야는 빗물과 안개와 바람으로만 뒤섞인 황막한 공간으로만 가득 차게 되었다. 나는 그녀의 말을 듣느라 낮춰두었던 라디오 볼륨을 올렸다.

"열대 해상에서 발생하는 저기압을 열대성 저기압이라 하여 일반적인 다른 저기압과 구별하고 있습니다. 그 열대성 저기압 중에서도 중심 부근의 최대 풍속이 초속 십칠 미터 이상인 것을 태풍이라고 하며, 초속 삼십오 미터 이상인 것은 강력한 태풍이라고 해서 앞의 태풍과 구별하고 있습니다. 이번에 우리에게 다가오고 있는 태풍 테스도 중심기압이 구백이십칠 헥토파스칼에 이르는 중형 에이급 태풍으로서 강력 태풍 군에 속하고 있습니다."

라디오에서는 기상전문가를 동원하여 태풍에 관한 온갖 정보를 가쁜 목소리로 쏟아내었다. 그 말을 들으며 나는 내 몸이 한순간 붕 떠올라 폭풍우를 쏟아내고 있는 암흑색 구름을 지나 태풍의 눈으로 빨려드는 광경을 그려보았다. 신기했다. 신이 날 만큼 신비로웠다. 죽음도 이런 것이 아닐까. 어지러운 세상에서 떠올라 어둠의 공간을 지나 신기한 빛으로 가득한 세계에 도달하는 것. 하지만 모두 죽음을 두려워하는 것을 보면 그런 건 아닐 터였다. 나는 어디에선가 태풍의 눈에 관하여 들은 적이 있었다. 세상을 뒤엎을 듯 해명이 울리고 성난 개떼처럼 비바람이 휘몰아치는 태풍의 한가운데 바람도 비도 없고 구름도 흩어져서 푸른 하늘을 볼 수 있는 고요한 공간이라고 했다. 거대한 힘이 숨기고 있는 뜻밖의 정적. 그 이율배반에 한껏 마음이 끌렸다.

"남양(南洋)의 고온다습한 공기는 가끔씩 강한 스콜을 동반하게 됩니다. 그 스콜이 처음으로 작은 소용돌이를 이루고, 이 소용돌이는 수렴기류라는 공기의 흐름에 의하여 적도 부근에 모이게 되는 것이죠. 이 소용돌이는 점차 커지게 됩니다. 이것이 바로 태풍의 씨앗입니다."

태풍의 씨앗. 나는 그 대목에서 잠시 숨을 멈췄다. 내 인생에 태풍의 씨앗은 무엇일까? 나의 무능력과 무기력 그리고 무책임을 탓하며 떠난 하영일까? 홀로 남을 자식은 거들떠보지도 않고, 자기 혼자 하늘에 오른 엄마? 그 누구를 지목해도 개운치가 않았다. 나는 그 자리에 나 자신을 집어넣었다. 그제야 뭔가 퍼즐이 맞춰지는 듯한 느낌이 들어 슬그머니 그 그림을 지워버렸다. 아무리 해도 나를 내 인생의 가해자로 몰 수는 없었다. 그것은 터무니없었다. 내 잘못이 아니야. 나는 피해자지 가해자가 아니라고! 하마

터면 그렇게 버럭 소리를 지를 뻔했다. 어느새 나는 담배를 입에 물고 있었다. 좁은 차 안에 함께 앉아있는 은주 때문에 불을 붙이지는 않았지만 아쉬움을 조금은 덜어주었다.

정오도 되지 않은 시각이었음에도, 허공 가득히 떨어지고 있는 빗방울엔 어둠의 기운이 스며들어 있었다. 휘발유 게이지가 마지막 한 눈금을 가리켰다. 이젠 시간이 얼마 남지 않았다.

"저 비를 보니 옛날 생각이 나네요."

하늘은 낮았고 대지는 쏟아지는 비를 온몸으로 맞으며 아득히 펼쳐져 있었다. 은주가 낮은 목소리로 뇌까리듯 말했다.

"이 년 전이었어요. 어느 날 남편은 집에 들어오기가 무섭게 몇 장의 아트지가 들어있는 커다란 봉투를 내밀었어요. 세기의 쇼핑 명소, 유통사업의 최적지. 뭐 그런 광고였어요. 마누라를 팔아서라도 차지해야 하는 곳이라고 남편은 말했어요."

"미혼이신가 싶었는데, 결혼을 하셨네요."

"글쎄… 결혼식도 안 올렸고 혼인신고도 안 했어요. 물론 아이도 없고요. 하지만 한솥밥을 먹고 한 이불 덮고 자던 사람을 뭐라고 하겠어요."

그녀가 사연이 많은 사람이라는 생각이 다시금 들었다. 하긴 오죽했으면 이런 결심을 하고 나섰겠는가.

"전 반대를 했지만, 소용이 없었어요. 그 남자는 무서운 데가 있었어요. 한다면 하는 사람이었죠. 항상 그 사람이 방침을 정했고 전 따라 했어요. 그때까지 만해도 그 사람에 대한 믿음이 조금 있었으니까요. 남편은… 참, 그렇게 부르고 싶지 않은데, 습관이 되어서 자꾸 그 말이 나오네요. 아무튼 그 남자, 잘 나가던 회사를 그만두고 얼마간 목돈을 챙겼죠. 그러나 그것으론 터무니없이 부족해서 저도 나설 수밖에 없었어요. 학교 동창, 이웃사촌, 옛날 제가 보험 하면서 만나던 고객… 알만한 사람은 다 찾아다녔죠. 열에 아홉은 콧방귀도 안 뀌었지만, 한두 명 제 부탁을 들어주는 사람도 있었어요. 그렇게 해서 동대문에, 여직원 한 명 채용해서 여성 수입 의류 매장을 열었는데… 그게 왔어요. 코로나 팬데믹요. 어느 어느 나라에선 시체를 처리할 방도가 없어 길바닥에 시신을 방치해 두고 있다는 뉴스 같은 게 연일 쏟아졌죠. 그런 판국에 수입 의류 같은 것에 누가 관심을 두겠어요. 사람들이 밖엘 나와야 물건을 사든 말든 할 거 아녜요.”

겉으론 말짱해 보이는 도로엔 요철이 많았다. 차가 갈 적마다 물보라가 튀었다. 곳곳에 흙탕물이 넓게 고여있기도 했는데, 그곳을 지날 때마다 혹시 바닥 깊은 웅덩이에 빠지는 것은 아닌가 하는 조바심도 일었다.

“일 년도 못 버티고 사업은 쫄딱 망했어요. 그 큰 회사들도 넘어가는 판국에 저희 같은 작은 가게는 오죽하겠어요. 가랑잎이죠. 그 무렵 많은 사람들이 실직자가 되었죠. 한번은 텔레비전에서 회사가 부도가 나는 바람에 실직을 한 40대 비정규직 여직원이 울면서 하소연하는 걸 봤어요. 그 여자는 남편과 사별하고 두 아이를 혼자 키우고 있었는데, 그중 작은 아이가 백혈구가 부족해서, 온몸에 염증이 번지는 병을 앓고 있었대요. 이삼십만 명에 한 명꼴로 발생하는 희귀병이라는데, 그 여자가 돈을 벌지 못하면 아이는 죽을 수밖에 없다고 했어요. 그걸 보면서 얼마나 울었는지 몰라요. 그 여자 말하는 게 어쩜 제가 하고 싶은 말들하고 똑같던지….”

은주는 흐르는 눈물을 닦아내고 나서 한숨을 폭 쉬었다.

“그게 시작이었어요. 저희들한테 돈을 빌려줬던 사람들이 집으로 몰려오기 시작했어요. 하나같이 집을 부숴버릴 듯 악에 받쳐 있었어요. 경기가 너무 안 좋았거든요. 심지어는 저한테 손찌검을 하는 사람도 있었어요. 하나같이 저를 잘 아는 사람들이었는데 돈 앞에선 소용이 없나 봐요. 친구며 먼 친척들도 마찬가지였어요. 가게 문을 닫게 되자 종식씬 집을 나가서 소식도 없고, 저만 혼자서 고스란히 당했죠. 정말 죽고만 싶었어요”

“종식이라는 분이 같이 살던 그분인가 보죠.”

“네, 그래요. 그러던 어느 날 밤 12시가 넘어 종식 씨가 들어왔어요. 자기는 여길 떠서 지방 어디로 가 있을 테니 저더러도 어디로 가 있으라고 했어요.”

“….”

"그런데 제겐 갈 곳이 없어요. 아버진 제가 여섯 살 때 교통사고로 죽고 돈을 벌러 나간 엄마는 소식도 없었어요. 서른아홉 살먹은 언니가 하나 있긴 하는데, 그 집도 사는 게 어려워서 도무지 갈 만한 곳이 못 돼요. 나더러 어디로 가라는 거냐, 내가 갈 곳이라곤 세상천지 하나도 없다는 사실을 정말 모르는 거냐. 그렇게 울고불고 그랬죠. 그랬더니 그 남자가 어디로 전화를 하더니 됐다면서 지금 당장 나가자고 그러는 거예요. 구리에 친한 친구가 살고 있는데 그 집에 잠깐 가 있으면 거처를 마련해서 데리러 오겠다는 것이었어요. 달리 무슨 수가 있는 것도 아니어서 따라나섰죠. 옷가지 하나 제대로 챙길 겨를도 없었어요. 당장이라도 빚쟁이들이 쑥 들어올 것 같아서 마음이 급했거든요. 새벽 한 시가 다 되어서 우린 그 집을 나왔어요. 그날 밤비가 부슬부슬 내렸는데, 그 모양이 얼마나 처량하던지….”

그녀는 물이 반쯤 남아있는 생수병을 들어 한 모금 삼키고 나서 손수건으로 얼굴을 연신 닦아내었다. 설움이 북받치는 모양이었다.

"그런데 어처구니없는 일은 그 친구라는 남자가 혼자 사는 사람이라는 사실이었어요. 전 많이 당황했지만 달리 방도가 없었어요. 종식 씨는 오늘 밤으로 서울을 뜰 것이라면서 정신없이 나가고, 그 남자와 저만 남았어요. 사정이 사정이니만큼 급하게 되었으니 그럴 수도 있겠다 싶었지만 종식 씨가 원망스러웠어요. 무섭고 외롭고…. 그 남자가 거실에 이부자릴 펴주었어요. 전 심란하게 앉아서 몇 시간만 이러고 있다가 날이 새는 대로 나가야겠다, 그런데 어디로 가지? 이런 생각을 하고 있는데, 남자가 술을 가져와서 술을 따라주며 뭐라고 위로를 해 주더군요. 눈물만 죽죽 흘리고 있는 제가 안쓰러웠나보다고 생각했어요. 전 그 사람이 주는 대로 술을 받아마셨어요. 몇 잔을 마셨는지도 몰라요. 그리고 쓰러졌어요. 그런데….”

그녀는 급기야 흑흑 울음을 터트리고 말았다. 그녀의 울음소리는 봇물이 터진 듯 한동안 이어졌다. 나는 꿍하고 신음을 삼키며 말했다.

“그랬었군요. 이제 말씀 그만하셔도 돼요.”

“아녜요. 다 털고 가고 싶어요. 어차피 마지막이잖아요. 하도 가슴이 답답해서 정신을 차리고 보니… 그 남자가 실오라기 하나 걸치지 않은 제 위에 올라와 있었어요.”

“나쁜 자식. 친구라면서… 담에 제 친구 얼굴을 어떻게 보려고….”

“아녜요. 종식 씨는 오지 않아요. 그건 저도 짐작하고 있었어요. 그 사람에겐 따로 여자가 있어요. 같이 살 때도 자주 집을 비웠죠. 눈치를 보니 돈도 좀 있는 여자 같았어요. 어딜 보나 천애고아인 저보다는 낫겠죠. 아마 그날도 그 여자 집으로 달려갔을 거예요.”

"그러고 보니 혼자 사는 남자 집에 은주 씨를 데려간 것도 다 계산에 넣어둔 것인지도 모르겠군요. 이젠 너하고 끝이다, 너 그놈하고 붙어먹었으니 나한테 올 생각 같은 건 하지도 마라, 뭐 이런 거 아니겠어요?"

"맞아요. 제 생각도 그래요. 그 사람은 그 여자와 결혼까지 생각하고 있는 것 같아요. 저한테 말을 하지 않았지만, 전 분명히 그렇게 느껴요. 여자의 감각은 무서운 거예요."

또 담배 생각이 났다. 그러나 이 우중에 고속도로에서 차를 세울 수도, 창이란 창은 다 꼭꼭 닫힌 이 좁은 차 안에서 피울 수도 없는 노릇이었다.

"아무리 그렇다고 해도….."

뜻밖에도 바르르 떨리는 거친 목소리가 내 입에서 튀어나왔다.

"아무리 그렇다 해도 그동안 온갖 뒷바라지를 하고 돈까지 빌려 와서 사업을 돕고 한 이불 덮고 잠을 자던 여자를, 혼자 사는 남자 집에 무슨 물건 던지듯 던져놓듯 하고 갈 수는 없죠. 뭐 죽마고우도 아니고… 죽마고우라도 그렇죠. 이건 다른 문제잖아요."

"그 남자하고 예전에 하숙을 오랫동안 같이 했다고 했어요. 그래서 사람을 안다고…. 세상 사람 다 못 믿어도 그놈만은 믿을 수 있다고…."

“그냥 사회 생활하다 만난 남자잖아요. 양수겸장이라더니. 빚쟁이도 피하고… 여자도 떨쳐놓고… 뭐, 그런 속셈 아닌가요? 참 못된 자식이네요. 그 종식인가 하는 친구.”

가슴 속 불덩이를 다 쏟아놓은 듯, 그녀는 한결 가벼워진 표정으로 차창 밖 풍경에 시선을 던져놓았다.

“그날 아침 날이 새자마자 저는 그 집을 나왔어요. 며칠 피시방에서 지내며, 한강 다리에 가보기도 하고 고층 아파트 옥상에 올라가 보기도 하고… 그런데 겁이 나서 도무지 뛰어내릴 수가 없더군요. 멀리 가면 좀 나을까 싶어 소양강댐까지 갔다가 그냥 돌아오기도 했어요. 그래서 인터넷에 글을 올렸어요. 소풍 애기요. 멀리 소풍 떠나듯 기쁜 마음으로 가고 싶은데 몇 번이나 실패를 했으니 함께 하실 분 연락 바란다고 글을 써서 올렸죠. 혼자서는 못해도 누구하고 같이 가면 할 수 있겠다는 생각이었어요. 그렇게 해서 민구 씨를 만난 거예요.”

그녀가 민구 씨라고 부르기에는 처음이었다. 지금까지는 댁, 그쪽, 여기 등 애매모호한 호칭뿐이었다.

“그랬군요. 전 그런 사연이 있는 줄도 모르고…. 그게 술 탓이었는지 지난밤… 나도 모르게 몹쓸 짓을 하고 말았네요. 어떻게 사과를 해야 할지 모르겠네요.”

간밤 우리는 술에 취했다. 살아도 산목숨이 아니라는 생각에 슬프기도 하고 불안하기도 하고 우리가 하려는 일이 무섭기도 하였다. 그런 생각들이 갈피를 잡을 겨를도 없이 밀려와 술을 마시지 않고는 견딜 수가 없었다. 그 어느 순간 나는 그녀를 와락 끌어안고 말았다. 그녀는 어떻게 생각했을지 모르나 나로선 사막을 헤매다 방울방울 떨어지는 물을 만난 듯 절박했다.

"아니에요. 아니에요. 처음엔 좀 당황했지만 나중엔…."

"…."

"이런 생각을 하게 되었어요. 살아있다는 것은 좋은 일이구나, 그런 생각이 들기도 했어요. 정말 즐거운 마음으로 소풍을 떠난 듯이요."

"…다행이군요. 그렇게 생각을 했다니."

피식 웃음이 새어 나왔다. 내가 무안해할까 봐 하는 말 같았지만, 사실 간밤의 일은 지극히 무미건조했었다.

"그런데 민구 씬 절 안고 있는 내내 하영이라는 이름을 부르시더군요. 그거 알고 계세요?"

"제가요?"

나는 깜박 잊었다는 듯이 말을 했지만 그건 당연한 일이었다. 나는 그 이름을 단 한시도 잊은 적이 없었다.

"그런데 그분이 누구예요? 하영 씨라는 분요."

그녀가 앞유리창에 낀 수증기를 손바닥으로 닦아내며 말했다. 어둠 속에서도 그녀의 손은 유난히 하얗게 보였다.

"아, 예예… 제 아내였죠."

"아…네."

"오래되었어요, 헤어진 지."

당신하고 더 이상 붙어살다간 벙어리 되기 딱 맞어. 사는 게 무슨 재미가 있어야지. 무슨 남자가 돈을 잘 벌어오나 사근사근 말을 잘하나…. 집에 들어오면 입 딱 다물고 그놈의 책이나 펴들고. 거기서 밥이 나와 떡이 나와. 지겨워. 지긋지긋해, 정말.

하영이 떠나면서 남긴 말이었다. 그 말은 토씨 하나 빠지지 않고 내 머리에 저장되어 있었는데 그런 내가 싫었다.

"그런데 아직도 그분을 잊지 못하고 계시나 봐요."

은주는 한동안 고개만 주억거리다 조심스레 입을 열었다.

"무슨 사연이 있었는지는 모르겠으나 지금이라도 아내 되시는 분, 다시 찾아보시는 건…."

언제나처럼 그녀는 말끝을 매듭짓지 못하고 어물거렸다. 그녀의 말버릇인 모양이었다. 하기야 의문투성이 이 세상에서 무엇 하나 딱 부러지게 단정 지을 만한 것이 있을까 싶었다.

"뭐… 다 지난 일 들춰내서 뭐 하겠습니까? 그냥 묻어두고 가는 거지요."

"그렇죠? 저 역시 그래요. 그런데 절 믿고 돈을 빌려줬던 사람들을 생각하면… 좀 그래요. 그 사람들 절 욕하겠죠? 전 죽어서도 천당 못가요."

그녀도 더 이상 아무것도 말하지 않고 입술을 봉했다. 돈을 한

푼도 갚아주지 못한 빚쟁이들이 퍼부었을 욕설과 막말을 상상하
고 있는 것일까? 아니면 사실상의 아내인 자신을 굶주린 사자 우
리에 던져넣고 사라져 버린 남자, 그리고 예상치 않게 제 우리에
굴러들어온 먹이를 단숨에 먹어 치운 그자를 떠올리는 것일까?
하긴 얼마 남아있지 않은 시간은 우리가 살아온 반생 동안 헝클
어졌던 잡다한 일들을 말끔히 정리하기엔 너무 짧았다.

　　제주도에서 이십여 척의 선박과 일곱 군데 마을을 쑥대밭으
로 만들어 놓은 태풍은 숨가쁜 기세로 뭍을 향해 달려오고 있었
다. 이미 다섯 명의 사망자와 열아홉의 실종자라는 전과를 거둔
테스의 진로를 놓고 라디오에서는 온갖 이야기들이 쏟아졌다. 부
산 앞바다를 지나 동해로 빠져나가리라는 설과 목포 쪽에서 꺾어
지리라는 예측은 사라졌다. 대신 진주 지방에 상륙하여 내륙 깊
숙이 파고들 것이라고 기상통보관은 전했다. 연이어 달갑지 않게
태풍의 내습지역으로 점 찍힌 곳에서 취해야 할 대책과 예상되는
피해 상황을 전하는 보도가 시끌벅적하게 이어졌다. 마이크를 집
어삼킬 듯 급박한 아나운서의 목소리가 그곳에 서린 공포와 조바
심을 여실히 증명하고 있었다.
　　이제 태풍이 우리들의 머리 위를 지나갈 것은 자명한 일이었
다. 우리는 벌판 한가운데 있었고, 시멘트 블록 한 장 우리의 몸
을 가려줄 것이 없었다. 과연 태풍의 중심이란 어떤 것일까? 바

다에서 뿜어져 올라간 물이 하늘에서 출렁이고, 이미 세상을 뒤엎어버린 먹구름 위로 번개가 번쩍이고, 천둥이 우주를 뒤흔들고 폭발하듯 터지는 빗줄기 사이로 성난 이리떼처럼 바람이 휘몰아칠까? 그 속에서 한 소리가 우렁차게 들려오리라. 더러운 세상아, 끝날은 반드시 온다. 쉬 오지 않더라도 기다려라. 기어이 오고야 만다. 그리고 그것들이 한바탕 대지를 할퀴고 사라져 간 후에 새 날이 밝아오듯 파란 하늘이 열리고 태양이 빛나리라. 거기에 넘칠 평화와 정적은 또 어떤 것일까? 나는 잠시 상상의 깊은 수렁에 빠져들었다.

차창으로 가지가 부러진 나무들의 모습이 스쳐 지나갔다. 바람에 휘둘려 허리가 꺾인 이정표와 물에 잠긴 들판의 삭막한 풍경이 한 장의 기다란 목탄화처럼 스쳐 갔다. 먹물색으로 변한 산야에 검은 빗줄기가 바람에 흔들리는 거대한 장막처럼 휘어져 내렸다. 윈도우브러쉬의 파워를 최대한으로 높였으나, 유리창에 자글자글 퍼져 오르는 물살을 당해낼 수가 없었다. 그 유리창 너머로 구름을 찢어내며 번개가 번득이었고 길이며 숲이며 나무들이 길길이 날뛰며 진저리를 치고 있었다. 머리에 닿을 듯 낮게 드리워진 구름 때문에 차창 밖 풍경은 거대한 터널을 연상케 하였다. 끝도 없이 뻗어나간 터널, 그리고 어디로 이어지는 것인지 알 수 없는 아득한 굴속을 자동차는 우리에게 남아있는 짧은 생애를 싣고 달려가고 있었다.

나는 자동차의 라이트를 켰다. 운전대 앞으로 떠오른 계기판의 깨알 같은 빛들이 가슴을 아프게 찔러대었다. 고속도로를 오가는 자동차 한 대 보이지 않고 오직 바람과 비 그리고 황량한 어둠만이 가득한 지금, 그것은 유일하게 남아있는 인간의 자취였다. 이제 다 모아봐야 한 줌도 되지 않을 부피로 남은 인간의 빛. 새삼 그들의 세계가 그리워졌다. 휘황찬란한 빛의 세계.

그렇게 얼마간 달려갔다. 어둠은 빠르게 달려와서 길이며 들판이며 멀리 산맥 위에 가뭇가뭇 내려앉았다. 이때 이른 어둠 속에 자동차는 자신이 동굴처럼 파놓은 헤드라이트 불빛을 따라 아슬아슬 달려 나갔다.

그러던 어느 순간이었다. 귀청을 때리는 비명에 나는 급히 브레이크를 밟았다. 그 비명은 옆자리에 앉아있는 은주에게서 날아온 것이었지만, 똑같은 소리가 내 가슴 속에서도 솟아나 있었다. 자동차는 거칠게 몸을 비틀며 멈춰 섰다. 언뜻 시야에 떠오르는 것이 있었다. 황톳빛 물이었다. 어둠의 한가운데에서 느닷없이 모습을 드러낸 거대한 물줄기가 음흉한 암호처럼 몸을 넘실거리며 길을 막아서고 있었다.

나는 떨리는 눈빛으로 사방을 휘둘러보았다. 길의 왼쪽에 자갈이며 모래 등이 기다란 둑처럼 쌓여 있었다. 고속도로 확장공사 지점인 모양이었다. 레미콘 자동차며 포크레인이 물속에 기우

뚱 기울어진 채 버려져 있었고, 그 뒤쪽 함바의 문짝이 드센 바람에 열렸다 닫히기를 반복하는 가운데 빗물이 쏠려 들어가고 있었다. 사방에서 흘러든 흙탕물이 거기에 고여 길 위로 넘쳐나고 있었다.

도로 위 가까운 곳에는 낡은 검정색 코란도 지프차 한 대가 플라타너스 가로수의 우람한 둥치에 코를 처박고 유리창이 깨어진 채로 버려져 있었다. 아마도 저 아래 순천 쪽에서 달려오다가 공사장에서 밀려오는 물줄기에 휩쓸려 사고를 당한 모양이었다. 활짝 열려 있는 차의 문짝이 황황히 그곳을 벗어나는 운전사의 모습을 생생하게 상상케 하고 있었다. 이곳의 풍경은 폐허 그대로였다. 길의 어디까지 물줄기가 뻗어있는지 끝이 보이지 않았다.

호흡이 가빠지며 나는 걷잡을 수 없는 갈등에 빨려들고 말았다. 여기에서 돌아가야 하는가 아니면 어둠 속 깊이깊이 스며있는 물길을 헤집고 앞으로 나아가야 하는가에 하는 망설임이었다. 계속 나아간다는 것은 어쩌면 참으로 어이없는 재난을 의미하는 것일 수도 있었다. 짙어가는 어둠 속에 물구덩이 한가운데에 갇혀 오도 가도 못하다가 세상을 심판하려는 듯이 몰아치는 비바람에 쓸려 어디론가 떠밀려 가기 십상이었다. 그러나 돌아간다는 일은 상상조차 할 수 없었다. 그것은 간신히 목적지에 다다르고 있는 우리를 또다시 진탕에 빠뜨리는 것일 수가 있었다. 우리에겐 돌아갈 곳이 없었거니와, 우리가 애써 얻은 결론을 전혀 무의

미한 것으로 되돌려놓는 일에 불과하기 때문이었다. 여태껏 시달려 온 오욕의 삶을 다시금 시작하여야 할 것이었고, 언젠가 지금의 것과 전혀 다를 바가 없이 똑같은 결론을 얻어내기 위하여, 숱한 절망과 망설임과 번뇌 속에 또다시 처절한 싸움을 벌여야 할 것이었다.

결론은 이미 정해져 있었다. 나는 어금니에 힘을 주고 자동차에 기어를 넣고 액셀러레이터를 힘껏 밟아 눌렀다. 잠시 헛바퀴질을 하던 자동차는 미세한 금속 조각들이 일시에 날아가는 것 같은 소리를 내며 앞으로 나갔다. 널브러진 채 넘실거리고만 있던 흙탕물이 출렁 날아와 순식간에 자동차 보닛을 덮어버렸다. 새카만 허공을 빼곡히 메우며 쏟아진 빗발이 예리하게 날이 선 창날처럼 유리창에 꽂혔다.

"아아! 무서워요."

숨 깊은 신음을 토해 내는 듯하던 은주의 몸이 한순간 고꾸라지고 말았다. 꼬리를 물고 밀려드는 긴장감에 기진해 있던 그녀가 그만 의식을 잃고 만 것 같았다. 너무나 오랫동안 삶이라는 것은 너무나도 큰 하중으로 그녀를 짓눌러왔다. 그것을 버텨낼 힘이 그녀에게 남아있을 리가 없었다. 나는 당장이라도 팔을 뻗어 그녀를 돌보아야 했다. 하지만 그렇게 할 수가 없었다. 나의 손과 발 그리고 온 감각은 송두리째 자동차에 묶여 있어야만 했다. 만

일 여기에서 차가 서 버린다면 모든 게 끝이었다. 우리는 아직 어둠 속에 음모처럼 펼쳐진 거대한 황토물 한가운데 갇혀 있었다.

"은주 씨. 은주! …정신 차려, 은주야!"

나는 다급한 목소리로 외쳤다. 그러나 나의 소리는 온 세상을 가라앉히고 말 듯한 폭풍우의 위세에 흔적도 없이 잦아들고 말았다. 은주를 향하여 시시각각으로 다가드는 몹쓸 운명에 맞서기라도 하려는 듯이 나는 마구 클랙슨을 울려가며 고함을 질렀다.

참으로 다행스럽게 황토물에서 빠져나와 아스팔트 도로 위에 올라설 수가 있었다. 지옥으로 통하는 지름길 같은 어둠을 훑으며 어디까지 이어진 것인지 도무지 알 수가 없는 흙탕물 구덩이에서 몇 차렌가 자동차의 엔진이 꺼져버릴 위기를 맞았지만, 가까스로 벗어날 수가 있었다.

나는 차를 언덕마루에 세워놓고 혼절해 있는 은주를 끌어안았다. 물이나 한잔 마시게 해 주고 싶었지만 차에는 마실 만한 아무것도 남아있지 않았다. 내가 할 수 있는 일은 차창을 열어 손으로 받아낸 빗물로 그녀의 입술을 적시거나 뺨을 두드리는 일뿐이었다. 하늘이 무심치 않았던지 그녀는 조금씩 깨어났다. 그리고 창호지처럼 창백해진 얼굴을 조금 쳐들고 힘없이 창밖을 내다보기 시작했다. 그리고 한참이 지난 후에 말했다.

"미안해요. 제가 좀 간이 약해요. 걸핏하면 이래요. 어릴 적부터…. 민구 씬 절 만나게 되신 걸 후회하고 계시죠?"

은주가 날 바라보며 착 가라앉은 목소리로 말했다. 그녀의 눈 깊은 곳에서 물기가 발갛게 배어 나와 눈가에 그렁그렁 맺혔다. 어릴 적부터 그랬다니, 엄마 아빠 없이 사는 삶이 오죽했을까. 난 다시 그녀를 안아주었다.

"저 때문에 그런 결심을 하신 거라면 지금이라도 그만두고 돌아가세요. 전 여기 어디다 떨어뜨려 놓고 가시면 돼요."

내 품 안에서 은주가 말했다. 그녀의 말이 끝나고 십여 초나 지났을까? 흐느낌 소리가 자동차 천장을 두드리는 빗소리에 섞여 가느다랗게 흘러나왔다. 문득 돈을 벌어오겠다고 집을 나간 뒤 돌아오지 않았다는 그녀의 어머니에게 한바탕 욕이라도 퍼부어 주고 싶다는 생각이 들었다.

"남부지방 곳곳에 바람과 홍수 그리고 산사태에 의한 재난이 속출하고 있습니다. 서울 중부지역에도 최고 사백 밀리에 이르는 집중호우가 내려 한강둑이 붕괴되고 그 바람에 경기도 고양시 다섯 개 마을이 수몰될 위기에 처해 있습니다. 현재까지 사망자는 열두 명 실종자가 삼십여 명에 이르고 재산 피해액만도 수천억 원에 이르리라 추산되고 있습니다. 뿐만 아니라, 경인선 태백선이 지금, 이 순간 두절되고 있다는 소식도 들어와 있습니다. 인천시 송림동에 내린 집중호우로 뒷산 축대가 붕괴되어 예순여섯 살 박병두 씨 외 이십여 명이 매몰되는 대형참사가 발생하였으며,

지리산 백무동 계곡에서 같은 학교 친구들과 야영을 하던 서울시 화곡동 열여섯 살 조미나 양이 로프에 의한 구출 작전이 진행되는 도중 급류에 휘말려 실종되었다는 안타까운 소식도 들어와 있습니다. 자아, 이거 어떻습니까? 대학에서 천문기상학을 연구하시는 천병학 박사님. 이러다 정말 큰일이 나는 것 아닙니까? 참으로 대자연의 위력 앞에서 우리 인간은 무력하기만 하군요.”

긴박하게 돌아가는 축구 결승전을 중계하듯 전국 방방곡곡의 사정을 숨가쁘게 훑어 넘어온 아나운서가 돌연 자신의 옆에 앉아 있을 또 하나의 연사에게로 마이크를 넘겼다. 곧이어 당황한 기색이 역력한 그 천문기상학 박사라는 사내가 권투경기라도 중계하는 듯 다소 과장된 어조로 뒷말을 이어갔다.

“그렇습니다. 우리는 참으로 하늘의 무서움을 깨달아야 겠습니다. 이제부터라도 정말 겸허한 자세로 살아가야 하겠죠.”

순간 나는 툭 하고 라디오를 꺼버렸다. 엉겁결에 하는 말이 분명했지마는 겸허니 하늘이니 하는 단어가 뇌리에 닿는 순간 가슴속으로부터 무언가가 치밀어 올라왔다. 무서운 것은 인간이었지 하늘이 아니었다.

어둑한 하늘에서 들어붓듯이 쏟아지는 빗줄기로 앞을 거의 내다볼 수가 없었다. 진주를 지난 지가 삼십 분은 되었으니, 하동 못미처 어디쯤으로 짐작이 되었다. 그러나 하동이라는 지명이 이상스러울 지경으로 차창 밖 풍경은 황막하기만 했다. 눈에 보이는 것이라곤 수만 개의 울울한 골짜기와 험준한 봉우리를 가진 거대한 산맥의 형상을 한 먹구름뿐이었다. 그 거대한 구름은 인간의 대지를 무섭게 잡아 누르고 있었다. 우르르 발을 굴리며 소리를 내지르고 있는 산이며 숲이며 벌판 위로 번개는 서슬 퍼런 눈알을 희번덕이며 나타났다가 홀연히 사라지곤 했다. 바야흐로 세상은 이제 막 태초의 그것으로 되돌려지려는 듯했다.

나는 블랙홀이라는 단어를 떠올렸다. 심지어는 빛과 시간마저도 빨아 삼킨다는 철저한 무의 심혈. 다른 은하로 통하는 비상 탈출구. 이것이 바로 그것이 아닐까? 우리가 달려온 이 거대한 터널의 끝에는 지금까지와는 전혀 다른 세계가 펼쳐져 있을 것 같은 생각도 들었다. 그것이 이승이건 저승이건 상관없을 것 같았다.

오랜 세월 나는 이상한 현상 때문에 고통을 받아왔다. 도무지 잠을 잘 수가 없었다. 한밤의 정적이 좋아 멍하니 앉아있는 경우가 많긴 했으나 그래도 정도가 심했다. 신경안정제나 수면제를 먹지 않고는 단 하루도 잠을 잘 수가 없었다. 그리고 먹는 게 싫었다. 식사 시간이 될 때마다 또 뭘 먹어야 한다는 사실에 짜증이 날 지경이었다. 그러는 가운데에서도 내 입안으로 즐겨 들어가는 게 있긴 했는데, 그건 술, 커피, 담배였다. 나는 이유를 알 수 없는 불안감에 오랜 세월 시달리고 있었는데 만원 버스에 실려 터널을 지날 때, 심지어는 지하철에나 엘리베이터 안에서조차 공포가 느껴졌다. 한번은 급한 회사 일로 부산으로 가는 비행기를 탄 적이 있는데, 비행기 문이 닫히는 탁! 소리를 듣는 순간 숨이 꽉 막혔다. 심장이 격렬하게 두근거리고 식은땀이 나고 온몸이 바들바들 떨렸다. 당장 문을 열고 비행기에서 나가야 한다는 절박한 생각이 들었지만 그럴 방도가 없었다. 이대로 죽을지 모른다는 공포감이 덮쳐왔다. 산다는 일에 재미도 미련도 없으면서 죽음은 왜 그렇게 무서워했던지 돌이켜 생각해보면 참으로 어이없는 일이었다. 결국 나는 회사를 그만두고 말았다. 덕분에 회사 사무실을 하루종일 어지럽히던 맹수들의 포효와 검투사들의 기합 소리에서 벗어날 수는 있었으나 이번엔 바닥 모를 무력감과 무기력에 잠기고 말았다. 그 어느 무렵 자살이라는 단어가 뇌리에 떠올랐다.

자살. 나는 오래전부터 이 일을 꿈꿔왔다. 정확히 말하면 알코올 중독자 아버지의 무자비한 폭력을 피해 집을 나갔던 어머니가 천호대교 근처에서 싸늘한 시신으로 발견되었을 적부터, 한 줌의 재로 변한 어머니를 무심히 흐르는 강물에 쏟아부으면서 떡잎을 내민 그 꿈은, 세상에 한 하나뿐인 내 사람이라 믿었던 하영이 날 떠나면서 분명한 자태를 드러내었다. 그 꿈을 실현하기 위해, 습관처럼 들어간 인터넷 카페에서 한 글귀를 찾아내었다.

―여러 번 실패를 해서 괴롭네요. 이번엔 꼭 성공을 해서 아무런 두려움 없이 소풍을 가듯 훌쩍 떠나고 싶어요. 혹시 도움 주실

수 있는 분 연락주시길….

그 글에서 소풍이라는 단어가 화살촉처럼 날아와 가슴에 꽂혔다. 나는 그렇게 은주를 만났다. 그리고 그녀와 이렇게 소풍 길에 나선 것이었다.

나는 은주의 얼굴을 살폈다. 그녀는 눈을 감고 있었다. 기름기라고는 하나 남아있지 않을 얇은 눈꺼풀이 파리하게 떨리고 있었다. 떨리는 것은 눈꺼풀만이 아니었다. 그녀의 몸 전체가 물기가 빠져버린 가랑잎처럼 변해 버려 차 안을 맴도는 가벼운 공기의 흐름에조차 예민하게 반응하고 있는 것 같았다.

계기판의 연료 경고등이 켜졌다. 그것은 그저 가느다랗게 떨리는 노란색 작은 불빛이었지만 세상의 그 어떤 불빛보다도 강렬하게 내게 다가왔다. 나는 마음이 급해졌다. 이대로 연료가 떨어져서 고속도로 한가운데 차를 세울 수 없는 일이었다. 다행히 십여 분 더 달려가자 시골길로 이어진 고속도로 출구가 나왔다. 나는 그리로 빠져나와 한적한 시골길을 한동안 달려갔다.

아스팔트 도로에서 농로로 이어진 갈림길에 차 한두 대 세울 만한 공터가 보였다. 나는 그곳에 차를 세우기로 하였다. 지나가는 자동차나 사람이 보이지 않는 외진 곳이었다. 멀리 벌판 너머로 낮게 엎드린 몇 채의 농가만 보일 뿐 아무것도 없었다. 그곳에 차를 세우고 나자 가슴이 커다랗게 두방망이질하였다. 나는 말없이 자동차의 시동을 껐다. 엔진소리가 사라지자 줄기차게 쏟아지는 빗소리가 더욱 커다랗게 차 안으로 밀려왔다. 나는 다시 한번 생각을 정리했다. 덧없는 소풍 길을 여기서 끝내자. 어차피 어딜 가나 마찬가지 아닌가. 슬쩍 은주의 얼굴을 살폈다. 내가 여기에 차를 세운 이유를 모를 리 없는 그녀의 얼굴은 밀랍처럼 차갑게 굳어져 있었다.

은주는 굳게 닫힌 눈을 뜨지 않았다. 산이며 나무며 길의 모습은 빠르게 사라져 갔고 곧 부피를 헤아릴 수 없는 어둠 속에 물방울만 가득했다. 그것은 흡사 수중세계 같아만 보였다. 우리에겐 이미 말이 소용없었다. 더 이상 말을 할 거리가 없었거니와, 우리는 숨소리만으로, 눈가의 가벼운 씰룩임이나 뺨에 진 근육의 미세한 움직임만으로도 충분히 상대방의 흉금을 알아챌 수 있었다. 우리는 이제 얼마 남지도 않은 시간을 최대한 늘여 향유하여야 했다. 우리는 단 한 조각 남은 빵을 이리 뜯고 저리 갈라내며 최대한 많은 시간을 연명해 가야 할 고립무원의 조난자였다.

무섭도록 퍼부어 내린 빗줄기가 자동차 앞유리창에 부딪혀 여러 개의 작은 폭포수를 이루며 흘러내렸다. 이제 그녀에게 시간이 왔음을 알려야 했다. 나는 한차례 헛기침을 한 뒤 입을 열었다.

"어떤 사람이 갑자기 뇌일혈로 쓰러졌어요. 그 사람은 가까스로 날 죽게 내버려 두시오 라는 유서를 남길 수 있었어요. 그러나 사람들은 그에게 온갖 의학 기술을 동원하여 십칠 년간이나 더 살게 하였어요. 식물인간인 채였죠. 사람은 무조건 오래 살아야 한다는 인간들의 편견이 그를 십칠 년간이나 모진 고통의 감옥 속에 가두어 놓고 만 거예요. 만약 그 사람이 그때 죽을 수 있었다면 그는 훨씬 더 행복했을 거예요. 사람들은 죽음으로서 모든 것도 끝난다고 믿어요. 그러나 그렇지 않아요. 죽음은 새로운 시작이라잖아요."

그 말이 옳다고 나는 다짐했다. 오늘 우리의 사태는 뇌일혈과 다름이 없었고 앞으로의 생활은 식물인간의 그것과 마찬가지였다. 그녀는 빚쟁이들의 끈질긴 추적과 감시의 눈초리를 끝없이 피해야 할 것이었고, 불안과 고통과 절망 속에 구차한 숨을 쉬어가며 생명을 이어가야 할 것이었다. 나 역시 마찬가지였다. 무중력 공간을 떠다니며 있지도 않은 산소를 찾아 허우적거리며 긴 세월을 살아가야 했다. 우리에겐 보다 확실하고 안정된 도피처가 필요했다. 그 확실한 도피처가 죽음이라는 사실을 은주와 나는 그동안 수차례나 확인을 해왔다.

바로 여기에서 우리들의 소풍은 끝나야 했다. 나는 긴장했다. 앞으로 내가 할 일을 생각하니 두려움이 엄습해 왔다. 지금 여기에서 그 일을 치러서는 안 된다는 생각도 설핏 들었다. 어쩌면 우리에게도 조금만 더 시간이 필요할지도 몰랐다. 조금만 더 우리의 삶이 연장된다면, 내게 그리고 은주에게 단 한 번의 기회라도 주어진다면 우리들의 형편은 훨씬 나아질까?

그건 이미 부질없는 바람이라는 사실을 나는 잘 알고 있었다. 참으로 오랫동안 우리는 말할 수 없는 고통 속에 오늘의 결론을 끌어냈다. 그리고 끝없는 기다림 속에 살아왔다. 아침이 되면 저녁이 되길 기다렸고, 저녁이면 어서 날이 새기를 기다려왔다. 우리의 기다림은 언제나 죽음을 향해 있었다. 그 기다림 속에서 우리의 몸을 관통해 가는 삶의 모습을 또렷이 볼 수 있었다. 그 모습의 대부분은 아픔과 슬픔의 모습이었다. 그리고 이제 그 끝에 기어이 이르고야 만 것이었다.

준비되셨나요? 나는 그렇게 말을 하려 했다. 그러나 창백한 그녀의 낯빛을 대하는 순간 그 말은 다시금 속으로 기어들고 말았다. 나는 다시 한번 마음을 다잡았다. 수없이 생각에 생각을 거듭한 끝에 얻은 결론이었다. 돌이키기엔 때가 너무 늦었다. 그녀와 나는 이미 낭떠러지 끝에서 미끄러져 허공에 떠 있었다. 다시 낭떠러지 위로 기어오를 방도는 없었다.

어둠 속에서 대지는 비련의 주인공이라도 되는 양 억수같이 쏟아지는 빗발을 묵묵히 받아내고 있었다. 나는 차 문을 열고 밖으로 나섰다. 뒤에서 문짝이 닫히는 소리가 둔탁하게 들려왔다. 트렁크 공구 박스에 넣어둔 농약병을 가지러 갈 참이었다. 타는 듯한 목마름에 나는 고개를 젖혀 얼굴을 하늘로 향한 채 입을 벌렸다. 그러나 비는 내 온몸을 적시고 또 적실 뿐 입안으로는 한 방울도 들어오지 않았다. 어차피 죽으러 가는 길에 물은 뭐 하러 챙기나 싶어 마트에 들리지 않았던 것이 후회되었다.

운전석에서 트렁크로 몇 걸음 옮기는 사이 옷이 흠뻑 젖어버렸다. 얼굴도 빗물로 범벅이 되어 눈을 뜰 수가 없을 지경이었다. 걸음을 옮길 적마다 풀밭에 고여있던 물이 차올라 신발 속으로 기어들었다. 시시각각으로 방향을 바꾸어 불어오는 거센 바람 때문에 몸을 지탱하기도 어려웠다. 바람이 얼마나 거센지 흡사 나보다 덩치가 몇 배는 되는 거인이 내 몸을 꽁꽁 묶고 제멋대로 잡아당기는 것 같았다. 나는 몸을 거의 구십 도 각도로 숙이고 조심스레 발걸음을 내디뎠다. 트렁크 도어는 잠금장치를 풀기가 무섭게 휘딱 열려 차 뒷부분에 탕 소리를 내며 부딪쳤다. 트렁크 안에 고여있는 지독한 어둠 때문이었을까, 아니면 내가 너무 긴장했던 탓이었을까. 자동차 공구 상자 깊숙이 넣어둔 농약병을 찾는 일이 의외로 어려웠다. 한참을 뒤적거린 끝에 비닐로 여러 겹 싼 농약병을 손에 쥘 수 있었다.

여전히 눈을 감고 있는 은주의 얼굴은 창백했다. 발그레한 피부에 물기가 촉촉해 보기에 좋았던 그녀의 얼굴은 가죽처럼 딱딱하게 굳어있었다. 농약병을 감싸고 있는 비닐을 한 꺼풀씩 벗겨내며 나는 입을 열었다. 준비되었어요? 그렇게 물으려 하였다. 그

러나 함석이 떨며 내는 것 같은 내 목소리는 아무런 뜻도 담아내
지 못했다.

드디어 농약병은 반들반들한 몸체를 드러냈다. 짙은 갈색의
유리병 안에는 색채를 분간할 수 없는 액체가 가득 담겨있었다.
겉에 있는 라벨은 뜯긴 상태였다. 그것의 이름을 알면 힘겹게 얻
은 결심이 흐트러질 것만 같아서 주문할 때 특별히 떼어내어 보
내달라고 했던 것이다. 공급책도 알았다는 듯 선선히 응해 주었
다. 맹독성을 가졌다는 이야기만 했을 뿐 약 이름도 말해주지 않
았고 나도 알려고 하지 않았다. 실패할 가능성이 없는 약이라는
것만으로 충분했다. 나는 그녀의 얼굴 쪽으로 고개를 돌렸다. 순
간 그녀가 와락 나의 오른쪽 팔을 붙잡았다.

"잠깐. 잠깐만요."

그녀의 두 눈은 발갛게 충혈이 되어 있었으나 눈물 자국 같은
건 보이지 않았다. 그녀는 뼈대가 드러난 가느다란 손으로 내 팔
을 붙들고 있었다. 그녀의 손은 바들바들 떨렸고 농약을 든 나의
팔 역시 마찬가지였다.

"그래요. 그럽시다. 좀 늦게 간다고 해서 하늘로 가는 문이 닫
힐 것도 아니니까요."

그녀는 두 손으로 얼굴을 감쌌다. 가슴을 후벼파는 듯한 울음
소리가 그녀에게서 터져 나왔다. 나는 거칠게 숨을 몰아쉬며 자
동차 밖으로 나왔다. 몸을 웅크려 담배를 한 개비를 꺼내 물고 바

람과 비를 피해 간신히 불을 붙였다. 나는 몸을 일으켜 퍼부어 내리는 빗줄기 한가운데 섰다. 하영이 떠올랐다. 연이어 어머니의 모습이 보였다. 어머니는 말없이 손바닥을 치켜올려 보였다. 그리고 사라졌다. 그들이 연기처럼 사라져 버린 자리에 한 인간이 보였다. 나였다. 문득 하영을 향한 그리움이 치솟았다. 나는 그녀를 사랑했다. 하영은 가방을 들고 현관문을 열어둔 채 한참이나 고개를 숙이고 서 있었다. 그때 그녀는 내가 붙잡아주길 기다리고 있었던 것은 아닐까. 손을 치켜들고 말없이 날 바라보던 어머니. 어머니의 얼굴에 가득 떠오른 슬픔의 기색은 무엇이었을까.

나는 고개를 떨구고 가슴에 조용히 차오르고 있는 온갖 생각에 촉각을 세웠다. 지금까지 내 인생의 모든 책임을 그들에게 돌려왔다. 내 삶이 고달팠던 까닭은 어머니의 죽음 때문이었고 순전히 이기심에 차서 날 버리고 떠난 하영이 때문이라고 생각했다. 내 인생의 모든 것은 나에게 달려있다고 단 한 차례도 생각해 본 적이 없었다. 어쩌다 이 지경이 되었을까? 살 생각은 하지 않고 죽을 생각만 해오던 나. 그렇게 함으로써 날 이 지경으로 만든 모든 이들에게 복수를 하려 했던 나. 아주 비참하게 죽어버림으로써 그들에게 복수를 할 수 있다고 생각했던 나. 처참한 주검으로 남은 나를 보면서 하영의 눈에서 피눈물이 뚝뚝 떨어지게 하고 싶었던 나. 너덜너덜한 모습으로 지옥문에 들어서서 날 보고 달려온 어머니의 눈에서 떨어지는 굵은 눈물방울을 보고 싶어 했던 나였다.

드센 빗줄기에 하염없이 씻기고 있는 허공을 바라보던 어느 순간, 은주의 말이 벼락같이 떠올랐다.

‘살아있다는 것은 좋은 일이구나, 그런 생각이 들기도 했어요. 정말 즐거운 마음으로 소풍을 떠난 듯이요.’

그다지 길지 않은 대화였지만, 우리는 그동안 누구에게도 말하지 못했던 가슴 속 응어리를 다 쏟아낼 수 있었다. 그리고 말끔히 비어버린 가슴에 고여 든 새로운 기운을 느꼈다, 은주는 바로 그것을 말하고 있었다. 살아있는 것은 좋은 일이라는 뜻밖의 생각. 내가 저승길에 들기 전에 풀어야 할 마지막 수수께끼 같았던 그 말은 바로 현자(賢者)의 말이었다.

언제부터였던지 온몸에 빗물을 뚝뚝 떨어뜨리면서 은주가 내 뒤에 서 있었다. 나는 아무 말도 하지 않고 거센 비바람이 몰아치고 있는 어둠 한가운데로 내 손에 들려있던 농약병을 힘껏 내던졌다. 멀리 북쪽에 있는 낮은 산맥에서 번쩍 번갯불이 일고 연이어 쿠르릉 둔중한 굉음이 들려왔다.

나는 은주의 손을 잡고 차로 돌아와 자세를 바로 하고 앉았다. 그리고 그녀를 향해 단단한 목소리로 말했다.

“이제 돌아갑시다. 소풍은 끝났어요. 우리가 정말 죽기로 마음을 먹었다면 벌써 죽었을 거예요. 살아있는 건 좋은 일이라는 그

말, 명언이에요. 한번 살아봅시다. 차에 기름이 얼마 없지만 걱정 마세요. 어차피 죽을 결심까지 했던 우리들인데 겁날 게 뭐 있어요?"

나는 자동차의 시동을 걸었다. 그녀가 말없이 고개를 들어 정면을 응시했다. 내가 액셀러레이터를 밟아 누르자 차는 부드럽게 앞으로 나갔다. 수만 마리 짐승들이 한꺼번에 울부짖는 것 같은 폭풍우 소리가 귀가 먹먹해지도록 날아오는 가운데, 언젠가 어디에서 읽었던 것 같은 글귀가 떠올랐다. 태양은 이 지독한 어둠의 장막을 밀치고 떠오르기 마련이었다.

수 시티를 향하여

콰광—쾅! 돌연한 굉음과 함께 기체가 내려앉으며 무서운 기세로 흔들리기 시작했다. 자동비행장치는 저절로 해제되었고 비행기는 오른쪽으로 기울며 급격히 하강했다. 올해 60세가 되는 기장 루카스 파커는 거의 동물적인 반응으로 조종간을 붙잡았다. 그의 이마에 패인 주름이 더욱 깊어졌다.

"캡틴. 2번 엔진에 문제가 생겼습니다. 폭발한 것 같아요."

부기장 테리 에반스와 항공정비사 맥 해리스가 거의 동시에 소리쳤다.

"알아. 비행기가 오른쪽으로 기울고 있어. 우선 자세를 잡아."

파커는 재빨리 꼬리날개에 달린 2번 엔진의 연료 공급을 차단하고 소화액 단추를 눌렀다. 오른쪽으로 크게 기울어진 비행기 자세는 쉬 바로 잡히지 않았다.

“비행기 자세를 잡아야 해. 이러다 뒤집어지겠어.”

파커도 조종간을 힘주어 잡고 왼쪽으로 젖혔다. 그러나 어찌 된 일인지 비행기는 전혀 반응하지 않았다.

“캡틴! 유압이 급격히 떨어지고 있습니다. 제로에 가깝습니다. 대체 이게 무슨 일이야?”

부기장 테리의 입술을 스쳐나온 그 소리는 거의 신음에 가까 웠다. 정말 유압계 바늘이 ‘0’ 근처에서 까닥거리고 있었다. 뒤에 서 무슨 일이 일어났는지 살피러 재빨리 튀어 나갔던 정비사 맥 이 10분도 되지 않아 요란스레 조종실 문을 열고 들어왔다.

“객실 뒤쪽에 연료 냄새와 무언가 불에 탄 냄새가 물씬합니다. 다행히 안으로 연기가 스며들진 않았습니다. 눈으로 확인할 수는 없지만, 꼬리날개 2번 엔진이 터진 건 맞고요. 왼쪽 수평꼬리날 개 앞부분도 일부 떨어져 나갔더군요. 화재가 나지 않은 게 천만 다행입니다.”

맥이 가쁜 숨을 몰아쉬었다. 파커의 얼굴은 심하게 일그러졌 다. 꼬리날개에 달린 엔진이 터진 것은 그렇다 쳐도 3개나 되는 유압 시스템이 한꺼번에 멈춘 것은 이해할 수 없었다. 방향타, 승 강타, 보조익, 랜딩 기어 등 기체의 각 부분은 바로 이 파이프라 인 속 유압에 의해 전달되는 동력으로 작동된다. 유압이 다 새어 나갔다면 기체는 조종 불능 상태가 된다. 엔진 하나를 잃어버린 것보다 더 위험한 일은 바로 이것이었다. 시간은 콜로라도 덴버를 떠난 지 67분이 지난 오후 3시 16분, 고도는 37,000피트였다. 파커는 경기가 난 듯 떨려오는 가슴을 누르며 지역관제소를 불렀다.

─관제소, 관제소. 웨스턴스카이 항공 249편이다.

싸아─하는 기계음을 뚫고 관제소 직원의 음성이 가느다랗게 흘러나왔다.

─말하십시오. 웨스턴스카이.

꾸벅 졸다 깨어난 듯, 태평하고 느릿한 목소리였다.

─웨스턴스카이 249. 기종은 DC10입니다. 문제가 생겼습니다. 하강해야 합니다. 2번 엔진이 정지했고 유압이 전부 소실되었습니다.

깜짝 놀란 듯 관제소 직원의 목소리가 다급하게 터져 나왔다.

─지금 2번 엔진이 정지했고 유압이 소실되었다고 했습니까? 오 마이 갓! 29,000피트로 하강해서 유지하십시오. 그리고 이제 어떻게 하실지 기장님 의견을 말씀해 주십시오.

비행기는 저절로 오른쪽으로 원을 그리며 조금씩 내려가고 있었다. 부기장과 항공정비사의 긴장된 눈길이 파커의 입술에 집중되었다. 그는 경험이 많은 조종사였다. 파커의 비행 경력은 총 3만 시간을 넘겼고 DC10을 조종한 것만도 7천 시간이었다. 그런 기장이 입을 선뜻 열지 못하고 있었다. 기장으로서 그는 무엇이든 신속히 결단을 내려야 했다. 비행기는 한순간에 방향과 고도 그리고 자세를 바꿀 수 있는 기능을 상실한 채, 이 막막한 상공에 던져진 장난감 비행기처럼 되어버린 것이다. 이 어이없는 상황에 무엇을 어떻게 해야 할는지, 머릿속이 온통 하얗게 표백된 것만 같았다. 파커는 다시 입을 열었다.

―관제소. 웨스턴스카이 249편. 비상선언(Emergency Declaration) 합니다.

비행기는 저절로 원을 그리며 우회전을 계속하고 있었다. 고도가 조금씩 떨어지긴 했지만, 아까처럼 급속도로 떨어지는 것은 아니었다. 어떻든 비행기는 지상으로 가라앉을 것이었다. 지면에 비행기 바퀴가 닿은 순간 어떤 일이 일어날까? 비행기가 화염에 휩싸여 탁구공처럼 튀어 오르는 환영이 파커의 뇌리를 언뜻언뜻 지나갔다. 뜻밖에 직면한 이 위기 상황에 그는 어찌할 바를 모르고 니나, 니나, 하고 중얼거리길 반복했다. 니나는 올해 11살 되는 손녀의 이름이었다. 무슨 일을 당한 사람들이 신을 찾듯, 파커는 그 아이의 이름을 불렀다. 그 애만 있다면 무슨 일이든 거뜬히 해낼 수 있을 것 같았다.

곧장 관제탑으로부터 응답이 날아왔다.

―로저. 웨스턴스카이 249편. 비상상황을 선언하셨습니다.

―가장 가까운 공항에 착륙을 요청합니다.

―모든 장치가 조작 불가, 착륙 시 활주로 정대도 어렵겠군요.

―그래요. 자동비행시스템은 저절로 다운되고 수동조종도 어렵습니다.

―후아, 서프라이즈! 언빌리버블!

가슴이 꺼지는 듯한 관제 직원의 탄성이 연달아 헤드폰에서 흘러나왔다.

—캡틴, 항로상 제일 가까운 곳에 수 시티가 있습니다. 그리 가시겠습니까?

그새 정신을 가다듬은 듯 한층 차분해진 목소리였다.

—수 시티? 좋습니다.

파커의 가슴에서 작은 불빛 하나가 반짝였다. 목적지가 정해졌으니 일단 희망이 생긴 셈이었다. 지금 이 비행기는 두 개의 엔진만 살아있었다. 상승 하강도 부자연스러웠고 좌회전은 불가능했다. 오직 가능한 것은 우회전뿐이었다. 혹시 이러다 우회전마저 안 되는 건 아닐까.

"테리. 우회전은 잘 되는지 시험해봐."

부기장 테리 에반스는 조종간을 왼쪽으로 젖혔다. 왼쪽과 오른쪽을 헷갈릴 만큼 그는 놀란 상태였다. 백지장처럼 하얘진 그의 얼굴에서 표정이 싹 사라지고 없었다.

"헤이. 자네는 왼쪽으로 돌리고 있잖아."

깜짝 놀란 부기장은 조종간을 반대로 젖혔다. 다소 흔들리긴 했지만 비행기는 좀 더 예리한 각도로 우회전을 시작했다.

—웨스턴스카이 249. 지금 귀 항공기 위치, 수 공항에서 북동쪽으로 38마일 부근입니다.

—구름 때문에 잘 보이지 않지만, 우선회를 통해서 공항에 접근하겠

습니다.

　―웨스턴스카이. 좌선회는 불가능하다 그 말씀이죠?

　―그렇습니다.

관제탑 직원은 거기에서 말을 끊었다. 지금쯤 가슴을 쓸어내리며 맙소사!를 연발하고 있을 터였다. 잠시 후 그가 다시 나왔다.

　―수 시티 공항 31번 활주로를 이용하십시오. 22번 활주로도 좋습니다. 단 22 활주로는 길이가 짧고 지금은 사용하지 않음을 감안하십시오. 어떤 방법으로든 착륙에 성공하시기 바랍니다.

파커는 눈을 부릅뜨고 조종실 방풍창에 비친 하늘을 바라보았다. 파란 하늘에 조금씩 녹아들고 있는 흰 구름 어디쯤에서 니나의 모습이 보였다. 니나는 제 부모를 교통사고로 잃었다. 6년 전, 하나뿐인 아들과 며느리를 어이없이 잃은 파커는 슬퍼할 겨를이 없었다. 5살 어린 나이에 홀로 남은 니나 때문이었다. 부모를 잃은 비극을 당하고서도 얼굴에서 잠시도 웃음이 떠나지 않는 그 아이. 밤하늘에 두둥실 떠오른 보름달을 바라보며 '그랜파, 달님이 왜 자꾸 날 따라와?' 하고 묻던 그날과 똑같은 표정으로 자신을 바라보고 있었다. 살아야 한다! 그는 으스러지도록 어금니에 힘을 주었다.

　―웨스턴스카이 249. 우회전을 해서 255도 방향으로 비행하십시오.

　―로저. 255…. 당신이 지시하는 방향이 어떻든 지금 할 수 있는 것

은 우회전뿐입니다.

조금은 다급한 어조로 교신을 마친 부기장 테리는 파커와 항공정비사 맥을 돌아보며 말했다.

"아무리 생각해도 유압 시스템과 하이드로릭 공급 호스 세 개가 한꺼번에 손상된 것을 이해할 수가 없어요."

"엔진이 터질 때 나온 팬디스크 금속 조각에 절단된 것이겠지."

파커의 말에 테리와 맥은 고개를 끄덕여 보였다. 그들은 서로를 새롭게 인식하고 있었다. 그들은 이제 단순한 직장 동료가 아니라 생사를 같이할 동지였다.

"엔진이 부서진 건 금속피로 현상 때문이 아닐까 싶어."

"제 생각도 그렇습니다. 이 비행기가 도입된 게 17년이 넘었거든요."

맥이 소리를 높이고 나섰다.

"비행기가 자꾸 오른쪽으로 기우는데 그거 바로 잡는 것이 제일 급한 일이야. 방향타, 승강타, 보조익 조작, 모두 안 돼. 이 비행기에서 살아있는 것은 1, 3번 엔진 두 개뿐이야. 상승, 하강, 좌우 방향 전환 모두 이 두 개의 엔진 출력을 이용해서 해야 해."

파커의 말이 이어지는 동안 테리와 맥은 낮은 목소리로 '지저스!'를 반복했다. 비행기가 크게 좌우로 흔들리는 바람에 파커는 잠시 말을 중단했다. 엔진 출력을 높이자 비행기는 안정을 찾았다.

“맥. 정비센터에서 이 상황을 잘 알고 있겠지?”

파커가 맥에게 물었다. 맥은 ‘예. 이야기했죠. 전부.’ 라고 단어 하나하나 힘주어 대답했다.

“알고 있긴 하지만, 별말 없었어요. 엔진 하나 나간 것은 그렇다 쳐도 하이드로릭이 한 방울 남기지 않고 다 빠져나간 경우는 처음이라 대응 매뉴얼도 없대요.”

아무런 대책이 없다니, 기가 막힌 소리였다. 매뉴얼이 없으니 이제부턴 그 누구도 해보지 못한 창의적인 방법으로 비행기를 조종해야 했다. 세 사람은 한동안 말을 끊고 눈만 껌벅거렸다.

“친구들! 시카고까진 못 간다. 근처에 수 시티 공항이 있으니까 거기 착륙하자고. 여차하면 들판에 동체 착륙하고…. 어쩌면 고속도로에 내릴 수도 있겠지.”

그 말을 하는 동안 파커는 얼마 전 일본항공에서 일어난, 비슷한 사고를 떠올렸다. 비행기는 어떻게 손을 쓸 틈도 없이 추락했고 탑승객 전원이 사망했다. 회사 비행안전팀에서는 같은 경우를 가정하고 시뮬레이션을 이용하여 대처방안을 모색했다. 결과는 매번 똑같았다. 여지없는 추락과 탑승자 전원 사망이었다. 파커는 맥과 테리를 유심히 바라보았다. 저마다 어찌해야 할 바를 모르고 허둥대고 있는 이들이 일이십 분 후에도 살아있다면 기적이었다.

─249편, 웨스턴스카이 운항관리실입니다. 지금 어디 비상착륙을 시도할 겁니까, 아니면 당초 계획대로 시카고까지 가실 겁니까?

잠시 침묵이 흐르고, 파커가 무전을 잡았다.

─아⋯시카고까지는 못 갑니다. 수 시티에 비상착륙 예정입니다.

모두 입을 닫은 채 침묵했다. 말이 비상착륙이지 방향이나 고도조차 제대로 조정할 수 없는 고철 덩어리를 고작해야 소형기나 뜨고 내리는 시골 공항에 착륙시킨다는 것은 불가능에 가까웠다. 각도와 양력을 유지해 줄 보조날개의 도움 없이 비행기를 착륙시킬 방도는 없었다. 지금 당장 무엇을 어떻게 해야 할지 아무런 대책도 없는 상황 속에서 비행기는 요란한 소리를 내며 속절없이 허공을 가르고 있었다.

"헤이, 테리. 맥. 무슨 좋은 아이디어 있어? 흐흐."

파커는 일부러 개구쟁이처럼 얄궂은 미소를 지어 올렸다. 비행기가 엉망으로 부서져 버린 지금 절대로 놓치면 안 되는 것이 있었다. 희망이었다. 없는 희망이라도 억지로 만들어내어야 했다. 파커의 뜻없는 미소는 맥과 테리의 얼굴에도 희미하게 번져 갔다. 비행기는 연해 몸부림을 쳤다. 그러다 한순간 쿵쾅하는 소리와 함께 쑥 내려앉았다. 이러다 곳곳의 볼트, 너트가 풀려 조각조각 분해될 것만 같았다.

"캡틴, 지시만 하세요. 저희들 뭐든 해내겠습니다."

"좋아요. 일단 계속해서 뭐든지 한번 해봅시다. 테리, 엔진 출력을 좀 높이고 조종간을 당겨. 기체가 한번 내려앉을 때마다 고도를 1,500피트씩 잃고 있어. 고도가 더 떨어지지 않게 신경써야 해.”

기창機窓 아래로 파란색 양탄자를 깔아놓은 듯 들판이 펼쳐져 있었다. 막막한 옥수수밭 위로 흰색 구름이 군데군데 양떼처럼 떠 있었다. 조종실에 가득 찬 팽팽한 긴장감을 비웃기라도 하는 듯 너무나 평화로운 광경이었다. 30년 동안 조종사 일을 해오면서, 하늘에서 본 것은 무엇이든 아름다웠다. 그러나 지금 이 순간 정작 아름다운 것은 지상에 있다는 것을 깨닫고 있었다. 건물에 다닥다닥 붙어있는 간판들, 그 아래를 웅크리고 지나가는 수많은 사람들, 비 내린 촉촉한 거리를 조용히 비추고 있는 가로등. 무엇 하나 아름답지 않은 것이 없었다.

―웨스턴스카이 249, 운항실입니다. 우리는 당신들의 모든 것을 모니터링하고 있습니다. 당신들은 지금 샌프란시스코 아니 이런!… 시카고, 시카고로 가는 길목 중간쯤 왔습니다. 수 시티 공항은 활주로가 충분치 않아 착륙이 어렵습니다. 시카고로 오세요. 당신들은 할 수 있을 겁니다. 당신들이 시카고에 무사히 착륙하도록 우리가 최선을 다하겠습니다.

그 말이 끝나기가 무섭게 맥이 빡큐! 하고 욕설을 내뱉었다.

―고맙긴 하지만, 우린 시카고까지 못 갑니다.

파커 기장이 운항실과 교신을 하는 동안 항공정비사 맥은 무슨 할 말이 있다는 듯 얼굴을 붉혔다. ‘당최 이런 비행기는 띄우지 말았어야지!' 그가 하고 싶은 소리는 이런 말일 터였다. 그러나 지금 어떤 말을 뱉어본들 도움 될 리 없었다.

조종간을 당기며 파커는 생각을 모았다. 우선 착륙 시 속도를 140노트로 줄일 방법이 없었다. 또한 랜딩기어를 이상 없이 내릴 수 있는지 의문이었지만, 랜딩기어가 제대로 내려진다 해도, 바퀴가 지면에 닿은 후 브레이크가 제 역할을 할 수 있을지 기대하기 어려웠다. 이대로 활주로에 내린다면 비행기는 맹렬한 속도로 굴러가 활주로를 넘어가 땅에 처박힐 것이었다. 불이 나거나 기체가 동강 나지 않는다는 가정하에서였다. 방향과 고도가 제어되지 않는 상태에서 좁은 활주로에 비행기를 일치시키는 것도 신기에 가까운 일이었다. 이 비행기 탑승자는 모두 296명이었다. 죽음! 느닷없이 그 단어가 떠올라 독가스처럼 온몸에 퍼졌다. 파커는 아찔함을 느끼며 숨을 멈췄다. 이럴 때 그 애의 목소리라도 들을 수 있다면…. 또다시 눈에 넣어도 아프지 않을 손녀의 얼굴이 떠올랐다. 그 애를 생각하는 동안은 마음이 편해졌다. 재작년이었던가. 제법 한기가 도는 늦가을이었다. 땅거미가 지기 시작한 거리를 니나는 파커의 손에 매달려 걸어가고 있었다. 그런 니나가 갑자기 훌쩍였다.

"아가. 왜 그래? 왜 울어?"

파커의 질문에 니나는 울먹울먹 대답했다.

"저 애…."

니나는 팔을 들어 그 연약한 손가락으로 앞쪽에서 걸어가고 있는 한 여자아이를 가리켰다. 니나 또래로 보이는 그 여자아이는 큰 소리로 울며 위태롭게 길을 걷고 있었다. 그 여자아이보다 두어 걸음 앞서 뚱뚱한 흑인 여자가 갓난아이를 안고 내처 걷고 있었다. 울며 뒤를 따라오는 아이의 엄마로 보였다. 여인은 여자아이의 끈질긴 울음에도 불구하고 한 번도 뒤돌아보지 않았다. 울며 보채는 어린 딸에 화가 났던지 여인의 얼굴은 잔뜩 일그러져 있었다.

"저 애가 막 울어. 저 애가 우는데 엄마가 손을 안 잡아줘. 그랜파."

파커는 걸음을 멈추고 니나를 안아 올렸다.

"저 엄마가 다른 아기를 안고 있어서 그런 거야. 저 아이가 불쌍해서 울었어?"

그리고 어느새 촉촉이 젖은 니나의 뺨에 쪽 소리가 나도록 뽀뽀를 해주었다.

—웨스턴스카이 249. 정비팀입니다. 2번 엔진 팬이 부서졌다고 그랬죠? 세 개나 되는 유압 시스템이 동시에 상실된 경우는 처음이라 저희도 당황하고 있습니다. 연방 항공국과 항공기 제작사까지 귀 항공기를 주시하고 있어요.

회색 구름이 기창을 쓸며 길게 지나갔다. 파커는 중얼거리듯 말했다.

"서두르는 게 좋아. 우린 불시착 할 거야. 거기가 어디든. 이 상태로 수 시티에 갈 수 있을지 그것조차 장담할 수가 없어."

50대의 노련한 항공정비사 맥이 파커의 뒤통수에다 대고 큰 소리로 말을 던졌다.

"맞습니다. 얼마나 더 날아갈 수 있을지 장담할 수 없어요. 이 근처에 비상착륙을 할 만한 곳을 찾아봐야겠습니다. 어디든 위험하겠지만 내리긴 내려야죠."

"이제 곧 속도를 줄여야 하는데, 플랩을 내려봐야겠어요. 혹시 기적이 일어날지 누가 알겠어? 어떻습니까, 캡틴."

부기장의 말에 맥이 눈을 둥그렇게 뜨고 말했다.

"지금 말입니까?"

"그래요. 젠장맞을… 일단 해 봅시다. 지금보다 나빠지기야 하겠어요?"

맥이 고개를 크게 저으며 나섰다.

"노, 노! 공연히 건드렸다가 다른 장치에까지 영향을 미치면…."

그 말에 파커는 고개를 두어 번 끄덕였다. 순간 비행기가 크게 요동을 치며, 비포장길을 달리는 고물 버스처럼 쿵쾅쿵쾅 흔들렸다.

─249편. 수 시티 공항 관제탑입니다. 현재 방향을 유지할 수 있겠

습니까?

—어렵습니다. 지금 앞으로 곧장 나아가지 못하고 원형으로 선회 중입니다. 선회하면서 조금씩 하강 중입니다.

—웨스턴스카이. 수 시티 공항이 12시 방향 36마일 지점에 있습니다. 지금부터 제가 유도하겠습니다. 비상 구급팀 준비도 마쳤습니다.

북쪽 하늘을 날고 있던 비행기는 연이은 우선회 끝에 남쪽으로 내려와 있었다. 교신을 마친 기장이 주먹을 쥔 채 검지를 치켜들며 조종실 안을 둘러보았다.

"오케이. 갑시다. 친구들. 아이오와 수 시티. 선택의 여지가 없어. 이 비행기엔 테리와 맥이 타고 있어. 우리들 비행시간을 합치면 십만은 될 거야. 할 수 있어."

단호한 파커의 말에 누구 하나 입을 여는 사람이 없었다.

"…수 시티라. 전에 이름조차 들어본 적이 없는 그곳이 이젠 지상 낙원처럼 느껴지는군. 생명의 땅. 아무튼 이 비행기를 곱게 내려놓은 다음 술이나 한잔하세."

기장은 그 말을 하면서 오른손을 치켜올려 마치 술잔을 들고 브라보를 외치는 듯한 시늉을 했다. 기장의 그런 행동은 긴장감으로 차 있던 조종실의 분위기를 조금 부드럽게 했다. 이번엔 부기장 테리가 딱! 소리 나도록 손뼉을 치며 말했다.

"좋아요, 기장님. 전 술을 마시지 않지만 이럴 때 안 마시고 언제 마시겠습니까."

갑자기 고무된 분위기와 함께 활주로에 비행기가 사뿐히 내려 앉는 광경이 모두의 뇌리에 설핏 떠올랐다. 그 환영의 뒤로 ‘운만 좋다면…’하는 단서가 달라붙긴 했지만, 그것만으로도 충분히 위안이 되었다.

커다란 원을 그리며 오른쪽으로 돌고 있는 비행기의 기창 너머로 도시의 건물들이 레고로 만든 장난감만한 크기로 보이기 시작했다.

“목이 얼마나 마르던지, 입안이 타는 줄 알았어. 정신이 없어서 물 마실 생각도 못했네.”

파커는 승무원이 가져다준 물을 바닥이 보이도록 들이켰다. 물맛이 그만이었다.

“헤이 친구들. 아무 걱정 말자고. 우린 곧 땅에 내릴 거야. 웨스턴스카이 항공 최고의 조종사들이 이 비행기를 책임지고 있잖아.”

기장은 물병을 다른 조종사들을 향해 치켜들며 말했다.

“하강해서 공기 밀도가 높아지면 얌전히 수평으로 갈 수 있을 거야. 할 수 있는 건 뭐든 해 봅시다. 아, 이제 비행기가 나가는 게 좀 낫네. 하하하하.”

파커의 웃음소리에 다른 승무원들은 눈을 반짝거렸다. 뭔가 좋은 일이 있을 것만 같았다.

“내가 왜 웃는지 알아? 지난번 시뮬레이터 훈련 때는 이 상황에서 못해냈거든. 하지만 낙담하진 말라고. 그때의 실패가 오늘 내가 무엇을 해야 할지 훤히 가르쳐주고 있거든. 하하하."

목젖까지 올라온 일본항공 추락 사고의 예를 파커는 차마 이야기할 수 없었다. 그 말을 하다 보면 전원 사망이라는 결과가 뒤따라 나오지 않을 수 없었다. 그것도 모르고 다른 사람들은 덩달아 웃음을 터트렸다. 비록 헛웃음이었지만 그러고 나니 한결 마음이 가벼워진 것 같았다. 테러와 맥도 물을 벌컥벌컥 들이켜기 시작했다. 비행기가 두어 차례 크게 흔들리다 수평을 유지했다. 부기장 테리가 엄지와 검지를 동그랗게 오그려 보이며 설핏 미소를 지었다.

"캡틴. 조종이 좀 되는 것 같은데요? 안 그래요?"

기창 아래엔 초록색 드넓은 벌판이 동화의 무대인양 펼쳐져 있었다. 파커는 그 벌판을 한동안 바라보았다. 단단한 땅 위에 두 발을 딛고 있는 것은 얼마나 큰 축복인가. 파커는 참으로 소중한 사실을 모르고 살아온 자신이 부끄러웠다.

—웨스턴스카이 249. 운항관리팀입니다. 수 시티 공항에 접근한다는 말을 들었던 것 같은데… 맞죠? 경로상에 DC10 같은 대형 비행기가 내릴 만한 공항은 없습니다. 수 시티도 마찬가지입니다.

헤드폰에서 쫘 하고 본사 운항관리사의 목소리가 쏟아졌다.

—오케이. 수 시티로 갑니다. 이제 비행기 조종이 조금은 가능합니다. 수 시티 활주로 길이가 충분하진 않지만 지금 그걸 따질 계제가 못 됩니

다.

―수 시티 활주로 길이는 9천 피트. 방향은 130도, 310도입니다. 지난 일년동안 폐쇄되었던 22 활주로는 6,888피트로 더 짧습니다. 어쨌든… 행운을 빕니다.

"헤이, 테리. 혹시 좌회전 되나 봅시다. 아주 조금만 돌리면 되니까 어쩜 가능할지도 몰라. 좁은 활주로에 내리려면 미세 조종은 불가피하니까."

그 말을 들은 부기장 테리는 조종간을 왼쪽으로 조작했다. 비행기는 반응하지 않았다.

"음, 여전하군. 어쨌든 슬슬 연료 배출 시작할까?"

항공기가 착륙할 때는 착륙 중량을 낮추기 위해 적정량까지 연료를 소모해야 한다. 파커가 연료 배출 단추를 누르자 양쪽 날개 끝에서 연료가 안개처럼 하얗게 뿜어져 나오기 시작했다.

"캡틴. 기수가 올라옵니다. 비행기가 다시 상승합니다."

부기장의 말대로 계기반의 고도계가 빠르게 올라가고 있었다.

"고도를 유지해야 해. 조종간을 앞으로 밀어. 양력을 잃지 않도록 추력은 올리고.… 추력이 올라오면… 오케이, 올라온다… 우측으로 선회해야 해. 공항 쪽으로 가려면 그 방법밖에 없어. 우선회를 유지해. 계속 오른쪽으로…."

지상에 가까워지자 동체가 좌우로 휘청대었다. 생각보다 거친 바람이 부는 모양이었다. 멀리 공항의 활주로가 보였다. 그것에 시선을 던지는 부기장의 눈빛이 묘했다. 아련히 모습을 드러낸 고향을 바라보는 나그네의 안도감과 적의 진지와 마주친 병사의 긴장감이 동시에 얽혀 있었다.

—웨스턴스카이. 235도로 방향으로 접근하시기 바랍니다.

—로저. 노력하겠습니다.

파커는 자세를 다시 한번 가다듬었다. 공항의 모습은 아직 한 점의 작은 얼룩에 불과했다. 그 얼룩의 한 가운데 비행기를 살짝 내려놓아야 했다. 가능할까? 시간은 생과 사를 가를 순간으로 무자비하게 그를 밀어붙이고 있었다. 지금쯤 보스턴 집 커다란 유리창에 매달려 널따란 바다를 바라보고 있을 니나의 모습이 떠올랐다. 당뇨를 앓고 있는 아내의 모습도 가슴에 사무쳤다. 비행을 마치고 돌아가면 그날 있었던 온갖 일들을 흥미있게 캐묻곤 하던 아내. 그 시간이 얼마나 행복했던지….

부기장 테리가 한층 높아진 톤으로 말을 꺼냈다.

"캡틴, 추력을 조금 높여야 하지 않을까요? 괜찮다면 90% 정도까지 올려볼 생각입니다. 비행기 기수각을 바꿀 적절한 추력을 찾아야 합니다."

"그렇게 해요. 그리고 맥. 정비팀에선 무슨 말 없어?"

"없었습니다. 운항관리 쪽도 우리를 위해 해 줄 수 있는 게 하나도 없다네요."

자기도 모르는 사이 파커는 하하하 하고 너털웃음을 터트리고 말았다. 이 상황에서 누군가의 도움에 기대려는 자신의 어리석음을 깨달은 까닭이었다. 이 절체절명의 순간에 도와줄 수 있는 사람은 아무도 없었다. 하긴 인생이라는 게 다 그랬다. 아들 내외는 마약에 취한 운전사가 모는 트럭과 부딪혀 세상을 떠났다. 병원으로 후송된 뒤 긴급 수술에 들어간 아들 내외를 기다리면서, 제발 아이들을 살려달라고, 대신 나를 데려가라고 간절히 빌었지만 허사였다. 신은 물론 지구상의 그 어떤 사람도, 어떤 과학 문명의 이기도 아들과 며느리의 저승길을 막아내지 못했다. 운명은 오로지 각자의 몫이었다.

"내려가면 보고서를 써야 하는데, 지금까지 내가 뭘 했는지 기억도 안 나네."

"그렇죠. 캡틴. 도움이 될 만한 것이 하나 있긴 합니다. 랜딩 기어를 내리면 항공기 속도가 조금 줄고 기수를 내릴 수 있을 겁니다."

비행기가 덜커덩하는 요란한 소리와 함께 내려앉았다. 우! 하고 놀라는 소리가 객실 쪽에서 들려왔다. 막막한 허공에서 기습적으로 내려앉는 비행기는 지상에서의 지진과 같은 공포를 주었다. 지진으로 따진다면 모든 사람이 두려움을 느끼고 가구가 움직이며 벽에 발라놓은 석고가 떨어진다는 진도 6쯤의 강진 한복판에 갇혀있는 셈이었다.

—249편. 그 지역에 4차선 고속도로가 있습니다. 도로는 통제되어 있

으니 원하시면 거기에 착륙할 수도 있습니다.

—우린 그리 안 가요. 도로가 강 가까이 있어서 위험합니다. 공항으로 갑니다.

—22번 활주로 끝에 비상 구급 장비와 인력이 대기하고 있습니다. 만약에 대비해서 활주로에 소화액도 뿌려놓았습니다.

파커가 관제탑에 대답하는 동안 비행기가 휘청 제 자세로 돌아왔다. 테리는 연방 흘러내리는 이마의 땀을 닦을 생각도 하지 않고 추력 조절에만 매달렸다.

"오른쪽, 오른쪽, 오른쪽으로 가야 해. 속도 올려. 내려가기 시작하면, 당겨야 해요. 너무 많이는 말고. 오케이. 이젠 올립시다."

공항의 오른쪽은 수 시티의 외곽지역으로 작은 집들이 자잘하게 널렸고 그 사이사이로 크고 작은 도로가 격자 모양으로 흐르고 있었다. 왼쪽으론 한여름 햇살을 받은 큰 물줄기가 날카로운 빛 조각을 되쏘며 넘실거렸다. 아이오와주와 네브래스카의 경계인 미주리강이었다. 자칫 왼쪽으로 몸체가 틀리기라도 한다면 그 강에 처박힐 게 뻔했다.

짧게 노크 소리가 나고 객실 사무장이 모습을 드러내었다. 윤기 나는 금발에 잘 어울리는 연록색 유니폼을 입은 사무장 캐티였다.

"기장님, 우리, 앞으로 어떻게 될까요?"

애써 숨기려는 노력에도 불구하고 그녀의 목소리는 떨리고 있었다.

"솔직히 말해서, 쉽진 않네. 하지만 우린 반드시 저기 아래 보이는 공항에 이 고철 덩어리를 내려놓을 거야, 희망을 가져. 불안해한다고 도움 될 일은 없으니까."

기장이 용기를 부추기려는 듯 그녀를 향해 엄지손가락을 치켜세워 보이며 말했다.

"불시착에 대비해서 좌석벨트를 단단히 매는 법과 발목을 거머쥐는 요령을 승객들에게 실연해 보였어요."

"잘했어… 승객들 반응은 어때요?"

"모든 일이 순조로울 것이라고 안내는 하였으나 모두 두려워하고 있어요. 옆 사람의 손을 꼭 붙잡고 기도를 하거나 내내 울음을 그치지 못하면서 편지를 쓰거나…."

"보나마나 지옥이 따로 없겠지. 초등학생 아이들은?"

"다행히 큰 문제는 없어요. 장난을 치며 웃고 떠드는 아이들도 있어요."

"그렇지. 아이들은 어떤 상황에 있는지 실감하지 못할 거야. 아직 너무 어리잖아?"

파커는 아이들 하나하나가 모두 니나의 모습으로 여겨졌다.

"이제 승무원들의 말 한마디 행동 하나하나에 수많은 사람들의 목숨이 달려있어요. 무슨 일이 있어도 당황하지 말고 신속하게… 알았지?"

그렇게 말을 하고 파커는 이마의 주름을 쫙 펴 웃어 보였다. 사무장 캐티는 고개를 까닥해 보인 뒤 문 뒤로 사라졌다. 맥은 지상 정비팀과의 교신에 여태껏 매달리고 있었다.

—웨스턴스카이 249. 혹시 동체 착륙도 고려하시나요?

—아닙니다. 충격을 줄이기 위해 기어를 내리고 착륙할 겁니다. 이 비행기에는 초등학교 수학여행단 아이들이 타고 있어요.

—로저. 런웨이 오버런 가능성에 대비하고 있다는 공항 당국의 연락은 받았습니다.

"헤이 테리. 활주로 22로 내릴 거야. 31 활주로가 보다 안전하지만 비행기를 그 방향으로 돌릴 방도가 없어. 기수를 220도에 정확히 맞춰서 내려가야 해."

부기장 테리 에반스는 조종석 정면 방풍창 너머로 시선을 꽂은 채 고개를 끄덕였다. 그리고 뭐라 빠른 속도로 중얼거리기 시작했다. 기도문이었다.

—승객 여러분, 우리는 잠시 후, 이곳 수 시티 게이트웨이 공항에 비상 착륙할 예정입니다. 이번 착륙은… 겪어보신 것 중에서 가장 험할 것입니다.

이렇게 시작된 기장의 방송은 간단했으나 지금 그들이 처한 상황과 비행기가 지상에 불시착시 승객들이 취할 행동 하나하나가 명료히 담겨있었다. 그리고 숙련된 조종사 3명이 이 비행기를 조종하고 있으니 안심하라는 위로를 빼놓지 않았다. 방송을 마친 파커는 엄청난 사실이라도 깨달은 듯 한층 단단해진 목소리로 말했다.

"… 인간은 패배하도록 창조된 게 아니다. 헤밍웨이가 한 말이야. 그 말이 지금 내게 큰 용기를 주네. 당신들은 죽지 않을 것이다. 헤밍웨이 선생이 그렇게 말하고 있는 거야. 하하하. 좋아. 이 미친놈을 좀 내려봅시다. 이제 출력을 조금만 줄이시고… 이럴 때 하느님이 좀 도와주서야 할 텐데…. 난 하느님을 믿지 않았어. 세상만사 무엇이든 내 주먹 하나면 해낼 수 있다고 믿었거든. 교만했어. 집에 돌아가면 교회부터 다녀야겠어. 우리 어린 손녀 손목을 잡고 교회에 가는 모습이 그럴싸하겠지?"

"캡틴. 착륙해서 속도를 줄일 때 브레이크가 한번은 걸릴 겁니다. 한번 걸리고 난 다음 박살 나겠죠. 그게 답니다."

"알았어. 한 번이라도 걸려만 준다면 그게 어디야?"

구름 높이 4천 피트. 시계 1500미터…. 관제탑에서 불러주는 기상 수치를 꼼꼼히 메모하기를 마친 테리가 파커를 바라보았다.

"기장님. 스포일러가… 펼쳐질까요? 착륙할 때 감속과 하강, 기울기를 조정하려면 필수적이잖습니까? 하지만…못 쓰겠지요?"

"기대하지 마. 이제 곧 바퀴가 땅에 닿겠지. 한 15분 남았으려나?"

파커는 전화기를 들어 승무원을 호출했다.

“캐티, 착륙에 대비하도록 하세요. 곧 내릴 거야.”

그 말에 사무장 캐티는 물기에 촉촉이 젖은 목소리로 말했다.

“…비상탈출 하나요?”

“그렇지. 비행기가 멈추면 평소 훈련받은 대로 잘해 주세요. 그런데 캐티, 우리가… 아냐. 행운을 빌어, 허니.”

‘우리가 다시 볼 수 있을지’ 하는 말이 목젖까지 올라왔으나 파커는 가까스로 참아내었다.

“…기장님도요. 앞으로 무슨 일이 일어나든, 파커 기장님과 함께라서 다행이라고 생각하고 있어요.”

전화는 캐티의 낮고 작은 흐느낌으로 끝났다. 파커는 잠시 동작을 멈추고 앞만 바라보았다. 캐티의 축축한 음성이 귓전에서 오래 메아리쳤다. 나나 목소리를 딱 한 번만 들어봤으면…. 그 생각이 또다시 회오리쳤다. 비행기는 시시각각으로 공항에 접근하고 있었다.

“이제 기어를 내릴 건데 다른 의견 있는 사람?”

기장의 다짐을 받는 듯한 물음이었다. 만약에 기어를 내리지 못하면 남은 것은 동체 착륙 뿐이었다. 정상 속도의 두 배로 활주로에 내려앉은 항공기는 마찰열 때문에 화염에 휩싸일 것이다. 그 다음에 무슨 일이 일어날까? 부기장은 말이 없었다. 맥이 땀투성이 이마를 쓱쓱 문지르며 대답했다.

“캡틴. 문만 열어놓으면 바퀴는 자체 무게로 내려올 겁니다.

그게 유일한 방법입니다. 기어가 내려오면 락킹은 자동적으로 됩니다.”

“기어 내리자. 좋아. 기어 내려.”

자신의 말과 함께 파커는 레버를 힘껏 잡아내렸다. 항공기 밑바닥에서 쿠구궁! 하는 둔중한 소리가 들렸다. 랜딩 기어가 내려오는 소리였다.

“후우! 이번 비행에서 제일 무서웠던 게, 기어를 내리는 거였어. 기어가 안 내려왔다고 생각해 봐. 등골이 다 오싹하네.”

─웨스턴스카이 249. 현재 방향 좋습니다.

“쌍! 요놈의 플랩…. 온갖 짓을 다 해봐도 꿈쩍도 안 하네.”

테리가 낮게 중얼거렸다. 착륙 시 속도를 줄이면서도 양력을 받기 위해서 플랩과 슬랫이 쫙 펼쳐져야 한다. 그런데 그것들이 작동하지 않으니 적정 양력을 유지하기 위해 속도를 높일 수밖에 없다. 속력을 줄이지 못한 채 활주로에 내린 비행기는 그 엄청난 관성으로 활주로 너머로 튕겨 나갈 게 뻔했다. 그럴 경우 삼백 명 가까운 사람들의 생명을 장담할 수 없었다. 사람은 누구나 언젠가는 죽기 마련이나 이런 식의 최후는 옳지 않았다.

─249편, 타워입니다. 살짝 우선회할 수 있나요?

─네. 우선회는 문제없어요. 좌선회가 문제지.

“이런 세상에. 오늘 야구하는 날이네. 뉴욕 양키즈와 텍사스, 어디가 이길 것 같아?”

조종간을 돌리며 던져놓은 파커의 말에 테리가 그동안 닫혀있던 입을 열었다.

"야구를 놓칠 수야 없죠. 오늘 호텔가서 맥주 한잔하면서 보도록 하죠. 전 텍사스 편입니다."

"좋아, 술은 내가 사지. 그런데 테리, 우측 엔진 추력을 좀 더 높여야겠어."

그때 싸아 하는 금속음을 뚫고 관제사의 목소리가 흘러나왔다.

―249편. 동쪽으로 조금 멀어집니다.

―타워. 알고 있어요. 그런데 비행기가 말을 들어 먹어야지. 우리가 얼마나 떨어져 있나요?

―249편. 지금 좀 가까워집니다. 10도 정도 좌선회 가능합니까?

―해보죠.

―249편. 현 상황으로 보아 착륙까지 십 분 정도 남았습니다.

10분. 어쩌면 그것이 남아있는 생의 전부일지도 모른다는 생각이 가슴을 쓸어내렸다. 다시 싸아 하는 금속성 음과 함께 관제사의 목소리가 터졌다.

―249편. 약간 좌선회해야 합니다. 잘못하면 최종 접근할 때 공항에서 멀어질 겁니다.

그렇잖아도 기수가 제멋대로 조금씩 틀어지고 있었다. 파커는 조종실 앞쪽 방풍창 아래 조종실 계기반을 보채는 아이를 달래듯 쓰다듬으며 말했다.

"수평…, 베이비, 수평으로 가자, 수평."

그러나 기장의 간절한 부탁에도 불구하고 비행기는 자세를 바로 하지 못했다. 맥이 짧게 소리쳤다.

"비행기 방향이 또 바뀌고 있어요."

"테리! 추력, 추력을 좀 더 올려."

"로저, 추력을 더… 최대 추력으로 갑니다."

테리는 추력 조절 레버를 한껏 앞으로 내밀었다.

—249편. 현재 우측 5마일 거리에 관제탑이 있습니다. 귀 항공기 고도는 2,900입니다.

"테리. 활주로에 내려앉을 때 비행기 자세를 수평으로 유지하는 게 중요해. 만약 한쪽 날개가 먼저 지면에 닿으면 이 비행기는 비스킷처럼 박살 날 거야."

—249편. 착륙까지 7분 정도 남았습니다. 이제 우선회 가능하죠?

—타워. 걱정마세요. 오른쪽만이 우리가 갈 수 있는 유일한 길이예요. 우선회 말고 우리는 비행기를 조종할 수 없었노라. 하하하하.

파커의 너털웃음이 느닷없이 터졌다. 그는 가장 위험하거나 긴장된 순간에 이런 식으로 웃기를 잘했다. 그의 낙천적인 기질은 압박감을 줄이는 데 효과가 있었다.

—249편. 활주로 31, 활주로 22. 모든 활주로에 착륙을 허가합니다. 우리들 모두 무사 착륙을 기도하고 있습니다.

─으하하하. 알겠습니다. 모든 활주로를 특별히 비워놓으셨군. 이제 곧 터치다운 할 겁니다. 활주로가 널찍합니다. 아주 예쁘게 생겼습니다.

"기장님. 심장이 터질 것 같아요. 온몸이 땀투성입니다."

"긴장 풀어. 테리. 지금 우린 집으로 가고 있는 거야. 집!"

그 말이 도움이 되었을까? 허공에다 한숨을 푹 내쉬고 난 테리는 조금 안정을 되찾은 것 같았다. 어쨌든 이 상황에 집이라는 단어만큼 힘을 주는 말은 없었다.

"하강률이 너무 빨라요. 분당 1,000피트."

"나도 그걸 신경 쓰고 있어. 파워를 높여."

"좋아요. 갑니다. 세게 밀고. 세게 밀고…. 속도가 빨라지면 하강률을 잡을 수 있을 겁니다. 방향은 괜찮습니까?"

"우선회 계속. 우린 공항으로 간다."

"공항으로 간다. 기장님이 공항으로 가자신다."

"선회각 30도. 이봐, 비행기가 너무 기울었어. 이 자식 수평으로 잡아봐. 돌아와. 돌아와. 돌려. 다시 돌려. 완전히 돌려."

선회각이 너무 급하면 실속을 하여 그대로 추락을 할 수도 있었다. 활주로가 눈앞이었다. 소방차며 구급 장비는 번쩍번쩍 빛을 내며 활주로 저쪽 끝부분에 몰려 있었다.

"양력을 제대로 받으려면 속도를 더 올려야 하는데, 그 경우 활주로를 넘어갈 것은 뻔합니다."

테리가 가쁜 숨을 몰아쉬며 말했다.

"선택의 여지가 없어. 좌로… 좌로…. 조금만 틀어. 왼쪽으로 너무 틀어지지 않도록. 그쪽은 강이야. 테리. 당겨, 당겨…. 완전 재밌는 착륙이 되겠다. 그렇지 않아? 으하하하. 이봐, 내 말 잘 들어. 이번 착륙에 성공하면 너 기장 면허증 써준다. 항공기 기수를 정확히 유지해 봐. 좋아, 비행기를 왼쪽으로 조금만 틀자. 왼쪽 엔진 파워를 더 낮춰. 당겨. 당겨. 당겨라."

—249편. 비행기가 너무, 너무 **빨라요**. 천천히 내려와야 해요. 천천히. 제발!

관제사의 목소리는 거의 울부짖음에 가까웠다. 맥은 모아쥔 두 손에 이마를 대고 큰 소리로 '오 마이 지저스!' 하고 외치고 있었다.

"테리. 살짝 당겨. 좌로, 종이 한 장만큼 좌로. 브레이크는 나에게 맡겨. 브레이크를 한 번은 쓸 수 있다고 그랬지? 엔진 추력을 줄여. 맞아. 좌로. 좌로…. 쓰로틀 내려. 아가야, 왼쪽으로…."

활주로가 가까워지자 천장에서 고도경고음이 쏟아지기 시작했다. … 500, 400, 300…. 그 소리는 시시각각으로 빨라졌다. 40, 30, 20, 10…. 파커는 무어라고 외마디 고함을 질렀다. 동시에 활주로에 바퀴가 닿는 충격이 수만 볼트의 강한 전류처럼 온몸을 휘감았다. 그리고 광란하던 온 세상이 한순간에 조용해졌다.

눈이 번쩍 뜨였다. 시야는 연회색으로 칠해진 벽면과 천장으로 가득 채워졌다. 조금 열린 창문에선 하얀색 커튼이 가볍게 너풀거리고 있었다. 루카스 파커는 몸을 일으키려 하였다. 그러나 이상스레 몸이 움직여지지 않았다. 그때 누군가 그의 어깨를 붙잡았다.

"파커 기장님. 움직이지 말고 그대로 계십시오. 파커 씨 몸은 지금 정상이 아닙니다."

그의 병상 곁에는 낯선 남녀가 서 있었다. 4, 50대는 되어 보이는 그들은 검정색 티셔츠를 입고 있었는데, 가슴팍에는 원형의 마크와 함께 NTSB라는 노란색 글자가 커다랗게 새겨져 있었다. 연방교통안전위원회에서 나온 조사관들이었다.

"기장님은 갈빗대가 4대 부러지고 왼쪽 다리가 부러지는 부상을 입으셨습니다."

"다른 사람들은?"

"부기장 테리 에반스와 항공정비사 맥 해리스 씨도 부상을 입고 이 병원에 입원해 있습니다. 생명이 위험한 정도는 아니니 크게 걱정하지 않으셔도 됩니다."

"승객들은 어떻게 됐소?"

그 말을 하는 순간 파커의 가슴은 커다랗게 울렁거렸다. 필시 수많은 사람들이 목숨을 잃었을 터였고 그들의 죽음으로부터 자신은 자유로울 수가 없었다.

"착륙하는 도중 비행기는 반으로 부러졌습니다. 관제탑 사람들 말로는 활주로에 내려앉은 비행기가 볼링공처럼 빠르게 굴러 가다가, 몇 개로 동강났다는 군요. 그 충격으로 꼬리 부분이 부러졌고 랜딩 기어와 엔진이 떨어져 나갔어요. 착륙할 당시 비행기 속도가 정상보다 몇 배나 빨랐으니 그럴 만도 하지요. 그래도 승객들 대부분이 앉아있던 동체는 앞뒤가 잘린 채로 밀려 나가 활주로 오른쪽 옥수수밭 끝에 멈춰 섰습니다. 희생자의 대부분은 다른 무엇이 아니라 화재 때문이었어요. 오른쪽 날개 끝이 땅에 부딪히면서 연료가 쏟아져 불이 붙었거든요.”

“그… 그래서…?”

“112명입니다.”

“뭐라고요?”

112이라는 숫자에 망연자실해진 파커는 벌어진 입을 다물지 못했다. 내 책임이야. 열, 스물도 아니고 백열둘이라니. 난 무능한 조종사야. 형편없는 패배자! 가슴 속에 도사리고 있던 한 사내가 그렇게 울부짖었다. 파커는 주먹을 움켜쥐었다. 그러나 움켜쥔 주먹으로 아무것도 할 수가 없었다. 그의 몸은 기다란 붕대로 이리저리 묶여있기 때문이었다. 자신이 이런 모습으로 살아있다는 사실이 부끄러웠다. 이 순간의 악몽에서 평생토록 헤어나지 못할 것임을 그는 예감하고 있었다. NTSB 조사관이 냉장고에서 얼음물을 담아와 그의 입술에 대주며 말했다.

“아니지요. 기장님이 목숨을 구한 사람이 184명이나 됩니다.

소식을 처음 접했을 때 우리는 탑승자 296명 전원 사망을 각오했었습니다. 그런데 사망자가 112명에 그쳤다는 사실을 알고 놀라지 않을 수 없었죠. 신의 가호가 있지 않고는 불가능한 일입니다. 얼마 전 비슷한 사고가 일본에서 일어났는데, 그때 사망자가 520명이었습니다. 사람들은 당신을 영웅이라 말하고 있어요. 아직 조사가 끝나지 않아 장담은 하지 못하지만 우리도 비슷한 의견입니다. 지금 병원 앞에서 파커 씨가 깨어나시길 기다리는 사람들이 텔레비전 카메라와 기자들 포함해서 수백은 될 겁니다. 자 보십시오.”

조사관은 은빛 커튼이 나풀거리는 창문을 활짝 열어젖혔다. 그러나 파커는 그쪽으로 고개를 돌릴 염도 내지 못했다.

“참, 웨스턴스카이 항공사에서 전해 달라는 소식이 있어요. 11살 니나 파커 양이 보스턴에서 이곳으로 오고 있답니다. 이따 저녁 무렵이면 도착할 겁니다.”

“니나? 그 어린 것이 어떻게 이렇게 먼 곳까지…. 그 애 할머니는 병 때문에 움직일 수가 없어요.”

“회사에서 직원을 보내서 이리로 데려오도록 했다는군요. 사장님의 특별 지시랍니다.”

오, 니나. 아이의 작은 얼굴이 뇌리에 가득 차오르며, 파커의 눈꺼풀이 바르르 떨렸다. 회반죽을 뒤집어쓴 듯 핏기 하나 없는 그의 얼굴을 뜨거운 눈물이 적시기 시작했다.

*이 글은 1989년 7월 19일 덴버에서 필라델피아로 가던 UA232편에서 일어난 실제 상황을 소설화한 것이다. 구체적인 비행 데이터 등은 인터넷과 유튜브를 참고하였다.

스콜

점심을 먹고 한 시간쯤 지났을까. 주위가 갑자기 어두워졌다. 겁이 덜컥 나도록 검은 빛을 띤 구름이 몰려들더니 순식간에 세상을 가두어버렸다. 싸아! 하는 빗소리가 허공을 가득 채우는 것과 동시에 빗방울이 쏟아져 내리기 시작했다. 어린애 주먹만큼 굵은 빗방울이었다. 스콜이었다. 섭씨 40도의 고온으로 달구어졌던 부대 안 여기저기서 크고 작은 물길이 생겨나 마구잡이로 흘러내렸다. 빗소리로 가득 찬 고막으로 몇몇 병사들이 내지르는 와와 하는 소리가 먹먹하게 파고들었다. 빈틈 하나 없이 빼곡히 내리는 빗속에 뛰어들어 굵은 빗방울을 맞으며 온몸에 비누칠을 하다보면 몸에 밴 땀과 먼지는 물론 마음까지 개운하게 씻기기 마련이었다. 하루에 한 번 십여 분 길어야 이삼십 분 쏟아지는 소나기는 그 기세가 대단해서 간단한 샤워를 해치우기에 부족함이

없었다. 세상을 한순간에 바꾸어 놓는 게 월남의 비였다. 허공을
아예 물로 채워버린 빗줄기를 바라보노라면 하늘과 땅이 하나로
합쳐진 느낌을 주었다.

“야, 한 상병. 너 잠깐 근무 교대 좀 해 줘. 중대본부 뒤 망루.
거기 1분대 박길용이 서고 있는데 박 병장 다른 일이 있으니까 네
가 대신 수고 좀 해라.”

분대 막사로 쓰이는 벙커 앞에 우두커니 서서 쏟아지는 스콜
아래 펼쳐지는 광경을 바라보고 있는 한창수에게 분대장이 하는
소리였다. 얼굴에 커다란 반점이 있어 얼룩소라고 불리는 분대장
의 얼굴을 힐끗 바라본 창수는 곧바로 벙커로 들어갔다. 예정에
도 없는 보초를 서야 한다는 게 마땅치 않았지만, 망루에 올라가
비에 흠뻑 젖은 산야를 내려다보는 것도 괜찮겠다 싶었다. 허리
에 탄띠를 두르고 방탄조끼를 찾아 입고 철모를 쓰니 온몸이 묵
직했다. 관물대에 개어진 판초 우의를 꺼내 입은 다음 벙커 입구
거치대에서 소총을 찾아 들었다. 3032861. 습관처럼 창수는 총번
을 확인했다. 반들반들 손때가 묻어있는 그것이야말로 이곳 월남
에서 손에 익은 장난감이자 든든한 동지였다.

벙커를 나서 빗속으로 들어서자 판초 위로 쏟아지는 빗소리가
요란했다. 순간 하늘 깊은 곳에서 둔중한 천둥소리가 울리더니
꽈당하는 엄청난 소리와 함께 번개가 중대본부 앞 야유나무를 내
리쳤다. 연노랑 불빛이 나무 끝에 와 닿은가 싶더니 재빠르게 나

무등치를 타고 내려와 순식간에 땅속으로 스며들었다. 거의 동시에 나뭇가지 하나가 뚝 꺾어져 내렸다.

창수는 중대본부 뒤쪽 철조망 가에 있는 망루로 올라갔다. 삼미터 높이의 망루는 한국 정자 모양의 지붕을 이고 있어 어설프게나마 향수를 자아내었다.

"창수 니가 왔나. 니 내 대신 수고 좀 해라. 얼룩소가 날 좀 보자크네. 그놈의 바둑 한 수 갈켜달라꼬 어찌나 졸라대는지, 이 말년병장 박길용이가 귀찮아 죽겠다. 그라고 야. 니 판초 좀 빌리도. 시발, 하필 이때 비가 올 끼 뭐꼬."

박길용은 창수의 우의를 빼앗듯 가져가 재빨리 뒤집어쓰고 망루를 내려갔다. 창수는 경계지역인 전방으로 시선을 던졌다. 크레모아며 조명지뢰가 빼곡히 얽혀있는 철조망 너머엔 손톱만한 모래로 이루어진 개활지가 있고 그 너머에 경사가 그다지 급하지 않은 작은 산이 있었다. 산언덕엔 어김없이 플루메리아 등나무 쌀라나무 등 열대의 나무들이 빽빽이 들어차 있었다. 아열대 지방인 이곳 월남에선 손바닥만한 여백만 있으며 온갖 종류의 풀과 나무들이 사납게 솟아났다. 거침없는 생명력의 나라, 그게 월남이었다. 식물이든 동물이든 거침이 없었다. 크고 작은 돌이나 바위 밑에는 독을 품은 불개미나 전갈이 몸을 숨기고 있었고 파리마저 몸에 한번 앉았다 날아가면 그 자리가 따끔거렸다. 온갖 종류의 독사들은 부대 외곽 참호까지 기어들었다.

정글로부터 흘러내린 언덕에서 삼백 미터쯤 되는 거리에 돌을 반듯반듯 깎아 만든, 크고 작은 무덤들이 있고 그 곁에 작은 마을이 있었다. 인구가 삼사 백쯤 되는 그 마을 이름이 딘퐁이었는데 석 달 전 주민 예닐곱 명이 베트콩에게 납치되었던 것으로 알려졌다. 하지만 납치된 것인지 자발적으로 산으로 스며든 것인지는 알 수가 없었다. 그리고 그 너머에 우물이 있었다. 육 개월 전 이곳에 진주해 왔을 때부터 부대는 그 우물에서 물을 퍼 사용하고 있었다. 지금 식수는 하루에 한 번씩 물차가 와서 공급했으나 그 양이 태부족이었다. 먹는 물 뿐만 아니라 샤워를 하거나 빨래를 할 물도 필요했다. 그래서 매일 세 명의 병사들이 조를 이루어 경계를 섰다. 그런데 어느날 우물을 경계하던 하사 1명과 사병 2명이 베트콩에 포위되었다. 이내 총격이 이루어졌으나 아군이 불리했다. 베트콩이 어디에 숨어있는지 알 수가 없었기 때문이었다. 적의 모습은 보이지 않는데 이쪽에서 사람이 움직이기만 하며 총알이 날아왔다. 하는 수 없이 조장인 하사는 본대에 지원을 요청했고, 아군 스리쿼터가 달려왔다. 스리쿼터가 그들을 태우고 빠져나오던 중 적의 B40 로켓포에 피격되어 탑승자 전원이 전사하였다. 부대에서는 소탕작전에 나섰다. 작전에 나섰던 병사들은 월맹군 1명과 베트콩 4명이 좌측 30여 미터 측방에서 산꼭대기로 올라가는 것을 발견하고 병사들마다 탄창 서너 개를 소모시키며 쏘아대었다. 적들은 뛰어 달아나면서 방망이 수류탄을 던져 터졌으나 거리가 멀어 피해를 입지 않았다.

앞서 달려가는 분대장 곽 하사의 꽁무니를 뒤쫓아 산꼭대기로 달려 올라가니 브이씨(VC. 베트콩) 1명이 쓰러져 있었다. 주위를 수색하던 중 날은 어두워지고 사탕수수 밭에서 사격을 해 와 수색을 포기하고 적 시체 옆에서 하룻밤 매복을 했다. 아군의 M16 총탄을 맞고 머리가 사 분의 일쯤 날아간 상태였다. 짐승의 사체보다 더한 그 처참한 모습이 조금 전까지 그도 한 개 인간이었으며 누군가의 아들이었고 혹은 아버지였을 거라는 사실이 믿기지 않았다. 비록 적이었지만 그것을 바라보는 창수의 마음이 짠했다. 다음날 다시 총격전이 벌어지고 조금 후에 2소대장이 소대원들과 같이 올라와 상황은 끝났다. 총격이 멈추고 난 뒤 소대장이 이것 봐라 하며 오른쪽 허리에 찬 수통을 보여 주는데 수통에 총알이 관통한 자국이 보였다. 구멍 난 수통에서 정글복 바지로 흘러내린 물이 흡사 피처럼 보였다. 그것을 본 순간 모골이 송연해졌다. 삶과 죽음의 차이가 불과 몇 센티미터에 불과했다.

쏟아지는 빗줄기를 어르며 전방을 응시하던 창수의 눈에 언뜻 움직이는 것이 보였다. 검정색 파자마 차림의 한 사내였다. 그의 뒤로는 커다란 뿔이 활처럼 휘어져 올라간 검정색 소 한 마리가 느릿느릿 그를 따라 나오고 있었다. 밀림이 워낙 짙고 두터워서 그곳으로 사람이 드나드는 것은 처음 보는 일이었다. 소총을 치켜든 창수는 눈알을 번득이며 앞을 살펴보았다. 어쩐지 검정색 파자마 차림 사내의 몸놀림이 어설프다는 생각이 들었다. 작고 마른 체격이 어린아이 같은 느낌이었다. 하지만 번개가 하늘을 가르는 가운데 한 치의 빈틈도 없이 쏟아지는 빗줄기 때문에 잘 가늠이 되지 않았다.

창수는 무전기를 들었다.

"1초소 전방 열한 시 방향 백오십 미터 정글에서 한 사람이 나왔다. 소를 끌고 있는데 무장은 하고 있지 않은 것 같다. 이상."

싸아 하는 잡음을 뚫고 곧바로 상황병의 목소리가 들렸다. 그 소리가 저승에서 오는 듯 아득했다.

"브이씨, 한 명이라고 그랬나?"

"브이씬지 양민인지 구분이 안 된다. 어린아이 같아 보이기도 하는데 확실히 모르겠다."

"알았다. 잠시 대기. 이상."

창수는 한층 더 신경을 써 전방을 살폈다. 양동이로 내리붓듯 이 쏟아지는 빗줄기가 검정색 옷을 입은 사내의 모습을 지웠다 살리길 반복했다. 그 월남인은 스콜이 쏟아지는데도 불구하고 서두르는 기색이 없었다. 앞으로 성큼 나가지 못하는 것으로 보아 소가 말을 듣지 않는 것 같았다. 아니면 어떤 장애물이 사내의 발길을 붙잡고 있는 것일 수도 있었다. 어떻든 그가 적대감을 보이거나 이쪽을 경계하고 있는 것 같지는 않았다.

"야, 뭐해. 베트콩 나타났다면서."

난데없이 날아온 그 소리에 창수는 망루 아래를 내려다봤다. 중대장이었다. 언제 달려왔는지 중대장이 허리에 손을 얹은 채 그곳에 버티고 있었다. 온몸을 사정없이 두들기는 거센 빗줄기에도 불구하고 중대장은 그 자리에 선 채 꿈적도 하지 않았다. 그의 붉게 충혈된 눈에선 불빛이 날카롭게 쏟아져 나오고 있었다.

"당장 쏴. 저격해."

"중대장님. 브이씨가 아니라 그냥 양민 같습니다."

"야 이 새끼야. 니가 어떻게 알아? 정글에서 나오면 브이씨지. 도망가기 전에 빨리 쏴."

"정글에서 나온 건 맞지만 비무장인데다가 소를 몰고 있습니다."

"너 일 소대 상병 한창수지? 이 새끼야. 브이씨는 소 안 모냐? 그게 그놈들 식량이야."

"어린앤지도 모르겠습니다. 총도 없고 아무 것도 없습니다."

"고문관 같은 새끼. 자꾸 말대꾸할 거야?"

중대장의 판초 우의 속에서 불쑥 권총이 모습을 드러냈다. 총구를 하늘로 향한 중대장은 거침없이 방아쇠를 당겼다. 그러나 빵! 하는 총소리는 무섭게 쏟아지는 빗소리에 파묻혀 흔적도 없이 사라지고 말았다.

“쏴! 안 쏘면 명령 불복종으로 영창 간다.”

창수는 숨이 막혔다. 중대장의 불같은 호령에 오금이 저렸다. 중대장의 기세로 보아 총을 쏘지 않을 수는 없었다. 그러나 상대는 비무장 민간인이었다. 그의 굼뜬 행동으로 보아 누군가 자신을 향해 총구를 겨누고 있다는 사실조차 모르는 것 같았다. 언제든 총알이 빗발칠 이 광란의 전쟁통에 소를 몰고 나온 철부지 어린아이일 수도 있었다.

“하나, 둘, 셋 센다. 그 안에 안 쏘면 니 대갈통 박살날 줄 알아.”

중대장의 권총은 창수를 향해 치켜세워졌다. 그의 눈에서 쏟아져 나오는 불길로 보아 금방이라도 총을 쏠 기세였다. 난감했다. 난감했지만 어쩔 수 없는 노릇이었다. 창수는 거총 자세를 취하고 그쪽을 겨냥했다. 퍼부어 내리는 빗물이 시야를 가리는 바람에 표적을 조준선 위에 얹어놓을 수가 없었다. 물의 장막은 표적은 물론 언덕, 개활지, 나무, 산야의 모습을 얼룽얼룽 뭉개 놓았다. 빗줄기 사이에서 표적의 모습이 설핏 드러나자 창수는 눈을 부릅뜨고 어금니에 힘을 주었다. 그러나 어떤 힘이 방아쇠를 감아쥔 손가락에서 힘을 빼앗아 가 버렸다. 상대는 베트콩이 아닐 수 있었다. 정글 안 어느 곳으로 소를 먹이러 갔다가 갑자기 퍼부어내리는 빗줄기에 서둘러 돌아가는 농부일 수도 있었다. 또한 어른이 아니라 어린아이일 수도 있다는 사실이 시퍼렇게 되살아났다. 창수가 망설이는 사이 중대장의 성난 목소리가 날카롭게 올라왔다.

"하나!"

시야가 어른어른해서 정확히 구분할 수는 없으나 작은 몸집이나 소를 모는 서툰 동작이 어린아이일 거라는 생각을 더욱 짙게 하였다. 하긴 월남 사람들의 몸집은 대체로 작았으니 이렇게 먼 거리에서 분명하게 구분할 수는 없었다.

"두울!"

중대장의 갈라진 목소리가 다시금 땅으로부터 올라왔다. 째각째각. 시간이 급작스럽게 흘렀다. 창수는 통신병에게 사람이 나타났다는 사실을 알린 것을 짧게 후회했다. 하지만 소용없는 일이었다. 총을 쏘지 않을 방도는 없었다. 그것은 전쟁터에서 명령 불복종에 해당했다. 심장이 둥둥 소리를 내며 뛰었다. 표적이 어른어른 흔들렸고 소총의 가늠쇠는 부들부들 떨리고 있었다. 그러던 어느 순간 방아쇠가 당겨졌다. M16 소총 탄창 안에 잠겨있던 19발의 총탄이 순식간에 허공을 날았다. 경황 중에 총을 단발 사격으로 바꿔놓는 것을 잊은 탓이었다. 사격이 끝나자 먹먹해진 귀청으로 짤막한 적막이 몰려왔다. 창수는 눈을 감았다. 머릿속이 텅 비어 무슨 생각도 남아있지 않았다.

"앗! 쓰러졌다."

아래에서 들려온 누군가의 외침이 가슴을 찌리리 울리며 지나갔다. 중대장은 일개 분대를 출동시켜 쓰러진 표적의 상태를 확인하게 했다. 직선 거리는 철조망과 지뢰로 가득 차 있었으므로 그곳에 이르기 위해서 딘퐁 마을을 거쳐가야 했다. 출동한 병사들이 현장에 도착하기까지는 상당한 시간이 걸릴 터였다.

창수는 자리에 철퍼덕 주저앉아 철모를 벗었다. 이마에 땀이 홍건했다. 그동안 수많은 동료 전우들이 죽었다. 창수는 그들의 모습을 생생히 기억했다, 마지막 숨을 몰아쉬면서 어머니를 외쳐 부르던 이태곤 일병, 물 한 모금을 달라고 절규하던 정일상 병장, 아무 소리 못하고 잠자듯 고꾸라져 있던 김장호 하사. 산야에 널부러진 베트콩들의 참혹한 주검을 보는 일도 허다했다. 그러나 이건 달랐다. 상대는 자신에게 총구가 겨눠지는 것도 모르던 애송이였을 뿐이었다. 빗줄기가 가늘어졌다 싶더니 먼 데서 쿠르릉 천둥소리가 한차례 울리고 구름이 빠르게 흩어지기 시작했다.

그토록 무지막지하게 쏟아지던 빗줄기는 뚝 그치고 언제 그랬냐는 듯 말간 하늘에 아열대의 태양이 예의 그 무지막지한 기세로 이글거렸다. 창수가 분대 벙커로 돌아오자 안에 있던 병사들의 시선이 일시에 그에게로 쏠렸다. 창수는 철모를 벗어던지고 거추장스런 군장을 푼 다음 침상 한 구석에 몸을 웅크리고 누워버렸다. 행여 누가 말을 걸어올까 두려웠다.

"야, 한창수. 너 브이씨 잡았다며? 잘하면 훈장 받고 휴가 가겠네."

파월동기 천수찬 상병이었다.

"쓸데없는 소리 마. 짜식아."

"부대원들 니가 쏘는 총소리 다 들었어."

"시키니까 쐈지만 베트콩인지 뭔지 몰라."

"야. 나 베트콩이요 하고 누가 마빡에다 써 가지고 다니냐? 저기 딘퐁 마을 C급인 거 몰라? 낮에는 순한 양처럼 굴다가도 밤에는 브이씨며 첩자들이 동서남북에서 불쑥불쑥 기어나와 설치고 다닌다고."

"그 사람 무장도 안 했다고."

"그럼 벌건 대낮에 민간 부락에 내려오면서 총 들고 다니는 베트콩 봤냐? 나 베트콩이요 하고 선전하는 것도 아니고. 사람들 얼씬도 않는 산속에서 나오면 일단은 브이씨일 가능성이 높지. 만약 니가 총을 쏘지 않았는데 그놈이 베트콩이었다면 어쩔 뻔했어. 눈앞에서 브이씨 놓쳤다면 영창감이지."

"모르겠어. 아무래도 찝찝해."

그때 어디서 나타났던지 창수에게 보초를 맡겼던 갈매기가 다가와 창수의 엉덩이를 툭 하고 쳤다. 갈매기는 입만 열면 고향 부산 이야기를 하는 바람에 붙여진 박길용 병장의 별칭이었다.

"야, 한창수. 너 브이씨 한 마리 잡았다매?"

창수가 대답을 못하고 어물쩍거리는 사이 천 상병이 나서서 말을 거들었다.

“그러게요. 박 병장님. 이 새끼 그게 민간인일지도 모른다고 걱정을 다 하네요.”

“뭐라꼬? 한창수, 니 꿈깨라. 어데 대낮에 정글 쑤시고 다니는 민간인 봤나? 니 맘 푹 놓고 꿈이나 잘 꾸라, 임마. 내가 보초 교대 안 하고 그대로 근무 섰더라면 훈장 받고 포상휴가 갈낀데, 하여튼 재수 없는 놈은 뒤로 넘어져도 코가 깨진다는 기 헛말이 아닌 기라. 아무튼 니 모두 내 덕인 줄 알아라이.”

새카맣게 그을린 갈매기의 얼굴에서 두 눈이 유난스레 번들거렸다.

“야, 수찬아. 담배 하나 줘.”

창수는 몸을 일으키고 일어나 앉았다.

“무슨 소리야? 너 담배 안 피잖아. 짜식이 정말 심각한 모양이네. 너 월남 와서 총 처음 쏴봤냐?”

천 상병이 호주머니에서 담배를 꺼내다 말고 뜨악한 눈초리로 창수를 바라봤다.

“잔말 말고 줘. 임마.”

창수는 천 상병이 건네주는 담배를 들고 밖으로 나갔다. 그대로 있다가는 갈매기가 또 무슨 소릴 해올지 몰랐다. 언제 비가 왔었냐는 듯 기세좋게 쏟아지는 태양광에 연병장은 노란빛으로 빛나고 있었다. 필터가 없는 팔말 담배 맛이 유난히 썼다. 뿌연 담배연기 속으로 우중에 갇혀 꾸물거리던 검정 파자마 차림의 모습이 떠올랐다. 총알을 맞았으니 성할 리는 없었다. 부대에서 일단의 병사들이 달려갔을 때 사람의 모습은 보이지 않았고 땅바닥 홍건한 빗물 속에 핏물만 고여있었다고 했다. 죽었을까? 어차피 이게 전쟁이라고 간단히 치부하기도 그랬다. 물속에 잠겨있는 듯 그자의 어물어물한 모습을 떠올리며 그가 누구든 살아있기를 바랐다. 창수는 다시금 담배 연기를 깊숙이 빨았다. 우울? 불안? 죄책감? 그 어떤 단어로도 자신의 속내를 명쾌히 표현할 수가 없었다. 그저 수선스럽고 어두웠다. 커다란 쇳덩이를 머리에 이고 있는 듯했다.

쿠쿵! 어디선가 연달아 포 소리가 났다. 아군의 포격이 시작된 모양이었다. 소리가 나는 방향으로 보아 부대에서 서쪽으로 있는 동추아산 어디쯤으로 생각되었다. 베트콩 대대본부가 있다고 알려진 곳이었다. 쿵! 쿵! 쿵! 하고 들려오는 그 소리는 포탄이 떨어지는 곳에서 일어나고 있을 아비규환과는 상관없이 아련하기만 했다.

"전달! 중대 모든 병사들은 머리카락, 손톱, 발톱을 잘라서 지금 배포되는 봉투에 넣고 봉투 겉면에 각자의 이름과 계급 군번 그리고 고향 주소를 써넣는다. 그런 다음 중대본부로 모아서 가져올 것. 이상 전달 끝."

중대 전달병이 벙커 입구에 서서 그렇게 소리를 지른 다음 노란색 두툼한 봉투를 한 무더기 침상에 내려놓았다. 느닷없는 그 말에 병사들은 눈을 끔벅거리며 서로의 얼굴을 돌아다 보았다. 모두들 어리둥절해 하는 표정이다. 무슨 일이야? 뜨악해하는 그들의 얼굴에는 의문부호가 커다랗게 떠올라 있었다.

그때 소총 거치대 바로 옆에 앉아 있던 한 병사에게서 불퉁거리는 소리가 터져 나왔다.

"부대가 북쪽으로 올라갈지 모른대. 꽝트리에선 전세가 불리하게 돌아가나 봐."

"꽝트리가 어딘데?"

"다낭, 후에, 그 북쪽에 있어. 최전선이야."

"쓰발!"

"월맹군과 브이씨들이 총공세를 펴는 바람에, 이쪽 월남군들이 연일 당하고 있다는 거야. 안케패스 때문에 맹호부대는 여념이 없고…. 거기서 싸우다 죽거나 행방불명되면 이게 우리 시체를 대신하는 거지."

그가 자신의 엄지발톱을 쓰다듬으며 말했다.

"꽝트리? 한국으로 따지면 휴전선 최전방 아냐? 우리야 여기 뚜이안 잘 지키고 있으면 되지, 시발 것 왜 지랄들하는 거야?"

내무반 분위기는 차르르 얼어붙었다. 평소 겁이 많은 박 일병은 연신 흘러내리는 땀을 닦아낼 생각도 하지 않고 몸을 웅크린 채 고국에서 온 어머니 사진만 무연히 바라보고 있었다. 호흡 곤

란을 느끼는 듯 가슴을 두들기거나 공들여 닦던 총을 침상에 내
던지는 병사도 있었다.

"아니. 키신저가 평화회담을 해서 곧 철수한다는데 우린 거꾸
로 북쪽 전선으로 올라가?"

"한국 정부에선 우리가 월남에 남길 바래."

"왜?"

"왜긴 뭐가 왜야. 다 돈 때문이지. 월남 특수라는 말도 못 들었
어? 고국에선 월남서 벌어들이는 달러로 재미를 쏠쏠히 보고 있
나 봐. 그래서 월남전이 빨리 끝나는 걸 원하지 않는 거지. 용병.
그거지, 뭐."

창수는 밖으로 나왔다. PX로 가 말보로 담배 한 보루를 사 한
대 피워물고 연기를 깊숙이 들이마셨다. 가슴엔 먹구름이 잔뜩
지펴있었다. 정체를 알 수 없는 울렁거림에 무어라고 냅다 고함
을 지르거나 술에 진탕 취해버리고 싶었지만 그럴 계제는 아니었
다. 잘려진 손톱 발톱. 그것은 죽음의 상징물이었다. 죽음. 죽음
이란 무엇일까? 수많은 죽음을 목격하면서도 창수는 정작 그걸
모르고 있었다. 전쟁터에 몸을 굴리고 살면서도 그건 자신과는
관계없는 일이라 생각했다. 어이없는 일이었지만 사실이었다. 많
은 병사들이 죽어가면서 어머니를 외쳤다. 피를 토하는 듯한 그
소리는 살아남은 자의 뇌리를 온통 먹먹하게 했다.

중대 기지를 둘러싸고 있는 철조망 울타리 너머로 야자나무

숲이 보였다. 비바람이 불면 미친 듯이 머리채를 흔들어 대며 혼을 불러내던 야자나무들. 수억의 바늘 같은 햇살이 내리꽂히고 있는 산야였지만 창수의 눈에는 음산하게만 보였다. 그러나 한편으로 잘 되었다는 생각이 들었다. 그곳에 가서 죽고 죽이는 광란의 현장에 몸을 굴리다 보면 가슴에 들어앉은 묵직한 쇳덩이를 드러낼 수도 있을 터였다. 장대 같은 빗속에서 소와 씨름을 하던 농부의 모습 같은 것은 생각하지 않아도 좋을 것이었다.

두두두두! 옆 벙커에서 튀어나온 한 병사가 무어라 냅다 고함을 지르며 허공을 향해 M16소총을 연발 사격하고 있다. 그도 손톱 발톱을 잘라내며 부대가 북쪽으로 올라갈지 모른다는 소릴 들은 것이 분명했다. 영상 40도의 햇살이 날카롭게 쏟아지는 연노랑빛 연병장을 팔뚝만한 도마뱀 한 마리가 느릿느릿 지나가고 있었다. 이 살벌한 전쟁터에서 위기의식을 느끼지 않는 건 저놈뿐인 듯했다.

어스름 저녁이었다. 중대 정문 앞에 일단의 사람들이 몰려왔다. 딘퐁 마을의 주민들인 듯했다. 대부분 아낙네들이었고 더러 남자들도 섞여 있었으나 모두 노인들이었다. 아까 낮에 창수의 총에 맞아 쓰러진 사람의 가족이거나 이웃인 모양이었다. 예닐곱 명의 아낙들이 울부짖으며 연방 허공에 주먹질을 하고 있는 사이, 한 아낙은 데리고 온 갓난아이를 부둥켜 안고 소리내어 울고 있었다. 아이들도 있었는데 그 아이들은 입으로 손을 빨며 어른들이 하는 양을 멀뚱멀뚱 쳐다보고 있었다. 부상을 당했던 듯 한쪽 눈이 푹 찌그러진 늙은 사내가 사람들의 맨 앞쪽에 서서 가슴을 두드리며 무어라 말을 하고 있었다. 검게 탄 얼굴에 주름이 많은 노인은 총을 쏘는 시늉을 한 다음 치켜든 손가락을 재빠르게 자신의 배로 가져가 마치 화살이 배를 가로지르는 것 같은 시늉을 해 대었다.

부대 쪽에서는 부중대장과 중대본부 인사계 그리고 통역병이 나가 그들을 상대하고 있었다. 통역병이라고 해봐야 월남말을 유창하게 구사할 수 있는 것은 아니고, 떠듬떠듬 단어 몇 개 나열하여 간신히 뜻을 통하게 하는 수준이었다. 그곳에 말년병장 박갈매기도 어김없이 끼어 있었다. 그는 뒷짐을 진 채 서서 그곳에 모인 사람들이 하는 양을 호기롭게 살피고 있었다. 귀국을 한 달 앞둔 월남 고참 박길용은 오지랖이 넓어 안 끼는 데가 없었다. 창수는 멀찌감치 방호벽 아래 바나나 나무의 널찍한 잎에 몸을 감추고 그 광경을 지켜보았다. 그곳에서 무슨 이야기가 오가는지 궁금했으나 나설 용기가 나진 않았다. 내가 총을 쐈소, 하고 나설 수는 없었다. 설사 상대가 베트콩이었다고 해도 마찬가지일 것 같았다. 한참 후 부중대장이 중대장실 쪽으로 걸어 올라가고 잠시 후 일단의 병사들이 일종 창고 앞에 몰려들었다.

상황이 어느 정도 정리된 것 같았다. 창수는 벙커로 돌아가 침상에 벌렁 드러누웠다. 그자가 베트콩이나 다른 무엇이 아니라 아무런 죄가 없는 양민이었다는 사실이 분명해졌다. 마음이 착잡했다. 권총을 빼들고 당장 쏘라고 다그치던 중대장의 고함소리가 귀에 왱왱거렸다. 비는 어쩜 그렇게 미친 듯이 퍼부어대던지, 하필이면 빗물로 앞을 분간할 수 없던 그 순간 그자는 왜 정글에서 기어 나왔고 그놈의 소는 냉큼 주인을 따라가지 않고 말썽을 부렸던 것인지… 무슨 터무니없는 음모에 얽혀든 기분이었다. 마음 저 밑바닥으로부터 뜨거운 불덩이가 울컥울컥 머리를 치받고 올라왔다. 개새끼! 씨팔새끼! 창수는 이를 갈며 그렇게 퍼부어대었다. 갑자기 근무를 바꾸라고 말한 분대장이나 자신의 우의까지 뒤집어쓰고 훌쩍 내려가버린 갈매기, 총을 쏘라고 악을 쓰던 중대장의 얼굴이 번갈아 스쳐 지나갔다. 하지만 분노와 증오를 꾹꾹 담아 가래를 옭아내듯 내뱉어진 그 욕설은 다른 누구가 아닌 자신을 향하고 있다는 사실을 그는 깨달아야 했다. 희대의 광대극을 보고 난 느낌이었다. 막막한 생각이 들었고 꺽꺽 통곡이라도 쏟아져 나올 듯했다. 이 모든 걸 잊기 위하여 당장 탈영이라도 하고 싶었다.

십분 쯤 후 천 상병이 빠른 걸음으로 다가와 귓속으로 말을 건넸다.

"야. 다 끝났어. 씨레이션 열 박스하고 쌀 한 포대 받고 돌아갔어."

씨레이션 열 박스와 쌀 한 포대 그리고 한 사람의 목숨. 무엇인가 딱 맞아떨어지지 않는 두 개의 서로 다른 생각이 가슴팍에 파고들어 더욱 어지럽게 얽히고 있었다.

야간 경계근무를 마친 창수와 수찬은 벙커로 들어가지 않고 막사 옆 공터에 철모를 깔고 앉았다. 허공은 더없이 아득하고 중천에 뜬 달은 은빛 빛무리를 어둠 깊숙이 흘려 넣고 있다. 남쪽 투이호아 방향 하늘은 대낮처럼 밝았다. 그곳 어디에서 작전이 벌어지고 있는 듯 포대에서 조명탄을 쏴 올리고 있는 것이었다. 조명탄이 흘리고 있을 매캐한 화약내음이 코로 맡아지는 듯했다. 눈에 보이지는 않으나 언제 어디서든 존재하는 브이씨들. 창수는 온몸에서 흘러내리는 땀을 손바닥으로 쓰윽 닦아내었다. 줄줄 흘러내리는 땀방울을 닦으며 내 몸에 물이 이렇게 많았나, 하고 놀라던 일이 한두 번이 아니었다. 꺄악! 가까이서 도마뱀의 울음소리가 몽환적 밤의 정적을 깨뜨렸다.

"야, 분위기 좋다. 나 이런 거 때문에 월남 왔어. 하늘에 걸린 남십자성. 지축을 울리는 은은한 포성. 그럴 듯 하잖아. 꼭 무슨 해외 유람이라도 온 것 같이…. 한국에선 보통 사람들 해외여행 꿈도 못 꾸잖아."

글솜씨가 좋아 내무반 연애편지나 여고생 위문편지 답장을 도맡아 쓰는 천 상병이 하늘을 그윽한 눈으로 바라보며 말했다.

"야, 맥주 한 잔 했으면 좋겠다. 근무도 끝났고 달빛이 환한데 잠도 올 거 같지 않고. 너 맥주 사놓은 거 없냐?"

천 상병이 공연히 소총의 노리쇠를 철거덕거리며 말했다.

"없어."

"이거 출출하네. 목도 마르고."

"그런데 우리 꽝트리 가는 거 진짜 맞아?"

방탄복을 벗어내리며 창수가 입을 열었다.

"왜, 가고 싶냐?"

"오늘 마음이 착잡해. 오죽하면 탈영 생각이 다 났겠냐."

"거기 가서 뒈질라고?"

"꽝트리 거기 전투가 치열하다던데 거기 가서 물불 가리지 않고 뒹굴다 보면 맘이 한결 풀릴 것 같아. 숨어서 엉뚱한 사람 죽이는 일도 없고….."

"지랄하고 있네. 너 혼자 가. 난 안 가."

"야 시팔! 달 좋다. 쥑이네."

얼마 후 그렇게 큰소리를 내며 다가온 사람은 갈매기였다. 자다가 나왔는지 국방색 팬티 바람에 슬리퍼를 끌고 있었다.

"야 증말 시간 안 가네. 내 한 달 있으믄 귀국인데 와 이리 시간이 안 가노. 잠도 안 오고. 남포동 옥다방 미스 백. 그 가스나가 생각나서 미치겠다. 젖퉁이가 하나가 이만하다아이가."

갈매기 박 병장이 두 팔을 들어올려 축구공만한 원을 그려보이며 말했다.

"엉덩이 빵빵하겠다 다리가 쭉 뻗은 게 그 가스나 생각만 하면 좆대가리 벌떡벌떡 서는데, 와, 이거 내 환장하고 미쳐 죽겠다. 그나저나 지금 몇 시나 됐노?"

"두 시 반입니다."

"벌써 그렇게 됐나. 어쩐지 배가 출출하더라. 씨발 뭐 먹을 것 좀 없나."

"씨레이션 하나 갖다 드릴까요?"

"치아라. 그놈의 씨레이션 입에 물린다. 이런 때 얼큰한 돼지국밥 한 그릇 훌훌 마시면 소원이 없겠구만. 우리 동네 할매국밥집 왔따 아이가."

잠시 말을 끊은 갈매기가 수찬의 허벅지를 지그시 짚으며 말했다.

"야, 천수찬. 니 취사반에 한번 안 가볼래. 시원한 국물 같은 거 뭐 쫌 남은 기 안 있겠나."

천 상병은 두말 않고 어둠에 잠겼을 취사반으로 향했다. 그도 출출하긴 마찬가지일 터였다. 수찬이 자리를 비우자 잠시 어색한 침묵이 흘렀다. 때와 장소를 가리지 않고 미친개처럼 떠드는 갈매기에게 창수는 어쩐지 거리감이 느껴지곤 했었다.

"창수 니 그 소리 들었나?"

갑자기 갈매기가 창수 쪽으로 고개를 숙이며 말했다. 뜻밖에 낮고 은밀한 그 목소리에 소름이 가볍게 지나갔다.

"무슨 소리요?"

창수는 갈매기 쪽으로 고개를 돌렸다. 공연히 가슴이 수런거렸다.

"그 얼라가 죽었다카데. 내 아까 딘퐁 마을 사람들 와서 떠드는 거 다 들었다아이가."

갈매기의 입에서 튀어나온 얼라라는 말이 창수의 귀에 화살처럼 날아와 박혔다.

"아이라니요?"

"글쎄, 아까 스콜 쏟아질 때 소 몰던 글마가 어린아이라카데. 열세 살."

남쪽 하늘에선 연신 조명탄이 펑펑 소리를 내며 희부연 빛을 발하고 있었다. 그럴 때마다 어둠을 이고 있던 중대 건물에도 엷은 주황색 빛이 스쳐지나갔다.

"중대장이 절대 비밀로 하라칸다. 니도 암말 하지마라. 수찬이 글마도 듣지 말라고 내가 심부름 시킨 기라. 어린아아 쐬죽인 기 자랑할 일은 아니다 아이가. 니 담배있제?"

창수는 갈매기에게 담배를 건네주고 자신도 한 대 물었다. 그런데 손이 부들부들 떨리는 바람에 두터운 종이로 만들어진 레이션 성냥을 켜는데 애를 먹어야 했다.

"한 상병 니 신경 쓰는 거 아이제? 신경 쓸 거 하나 없다. 니는 중대장이 쏘라캐서 쏜 거 아이가. 중대장이 쏘라카는데 안 쏘고 가만 있으몬 그기 명령불복종인데 전쟁터서 명령불복종이면 총살감인기라."

창수는 얼어붙은 듯 꼼짝도 할 수가 없었다. 물의 장막 속에서 어룽어룽 떠오른 표적. 몸집이 작아 어린아이일지도 모른다는 생각이 없진 않았다. 그런데 왜 쏘았을까? 권총을 빼들고 설치는 중대장의 성화가 아니라 해도 그가 어린아이라는 사실을 스스로 무시해 버린 것은 아니었을까. 수많은 물방울 속에 갇힌 까만 점. 그것을 소총의 조준선 위에 올려진 과녁일 뿐으로 생각했던 것은 아닐까. 여긴 전쟁터였고 적은 어디에나 있으며 총알은 사람을 골라가지 않았다. 그러나…. 생각은 거기에서 그쳤다. 아무리 해도 자신이 그를 죽여야 했을 합당한 이유를 찾을 수가 없었다. 더구나 아이라니….

"배를 총알이 뚫고 지나갔는데, 창자가 다 튀어나오고 무릎이 박살 났다대."

갈매기는 거기서 말을 끊고 쩝! 하고 혀를 끌었다.

"하기사 전쟁터서 성할 기 뭐 있겠노. 그기 다 지 운명인기지. 안 글나?"

잠시 후 천 상병이 들고 온 것은 저녁 특식으로 나온, 먹고 남은 수제비였다.

“짜식들. 다 어디다 치웠는지 취사장이 깨끗해요. 박 병장님, 남은 거라곤 이거뿐인데 수제비 어떻습니까?”

“수제비? 우짜겠노. 그거라도 먹자.”

천 상병으로부터 반합 뚜껑에 담긴 수제비를 건네받은 갈매기는 냉큼 통째로 입안에 부어 넣었다.

“와. 진짜. 고향 생각나네. 우리 엄마 수제비 솜씨 이거 아이가.”

갈매기가 엄지손가락을 치켜들며 말했다.

창수는 총을 들고 그곳을 벗어났다. 조금 전까지 뱃속을 휘젓던 시장기는 온데간데 없었다.

“야, 한창수. 어디 가. 이거 안 먹고.”

천 상병의 그 소리를 흘려들으며 창수는 앞으로 걸음을 옮겼다. 어디로 가야했으나 갈 곳이 없었다. 머릿속은 텅 비어버렸다. 아니 너무나 많은 생각과 감정들이 벌떼처럼 날아와 마구 뒤엉키는 바람에 분별과 사고의 능력이 마비가 되어버린 듯 했다. 사흘은 굶은 듯 온몸이 휘청거렸다. 살인! 아까부터 가슴 밑바닥에서 맴돌던 그 단어가 불쑥 머리를 치밀고 올라왔다. 이곳 월남에 와서 수없이 많은 사람들이 죽고 죽이고 장면을 목격하면서도 단한 차례도 떠오른 적이 없는 단어였다. 그런데 지금 살인이라는 단어가 시퍼렇게 살아올라 다리를 후들거리게 하고 있었다.

창수가 텅 빈 연병장 한 가운데쯤 걸어왔을 때, 전달병이 내지르는 소리가 적막을 깨뜨리며 날아왔다. 그 소리가 얼마나 불길하고 수선스러웠던지 일시에 날아오르기 시작한 까마귀 떼를 보는 듯했다.

"비상! 남쪽 투이호아에서 닌호아로 가는 1번 국도 목교가 끊어졌다. 인근 퐁하우 마을에서 28연대가 브이씨와 교전 중이다. 1, 2, 3소대 즉시 연병장에 집합. 단독 군장이다. 비상. 비상!"

아까 남쪽 하늘에 떠올라 자못 낭만적인 분위기를 자아내던 조명탄 불빛이 사실은 치열한 전투의 흔적인 모양이었다. 벙커의 불빛들이 하나 둘 켜지고 서둘러 군장을 차리는 병사들의 소리가 소란스레 들려왔다.

"전달한다! 1, 2, 3소대는 자대 경비병력만 남겨놓고 5분 내로 연병장에 집합한다!"

전달병의 호들갑스런 고함소리를 흘려들으며 창수는 막사용 벙커로 방향을 바꿔 느릿느릿 걸어갔다. '배를 총알이 뚫고 지나갔는데, 창자가 다 튀어나오고 무릎이 박살 났다대.' 갈매기의 그 소리가 살인이라는 스산한 단어와 함께 비수처럼 가슴에 파고들었다. 창수는 으스러져라 어금니를 깨물었다. 자신은 사람을 죽이는 훈련을 받았고 그 명령에 따랐을 뿐이었다. 그럼에도 스스로에 대한 수치감과 혐오감이 불길처럼 타오르고 있었다. 이번 작전에 나가면 돌아오지 말자는 생각이 자꾸만 들었다. 그래야 공평할 것 같았다.

검은 하늘 높다란 곳에 오리온좌가 고요히 떠 있었다. 고향에서 밤길을 오갈 적마다 올려다보던, 오랜 친구 같은 별자리였다. 순간 눈시울이 후끈해지며 흐믈흐믈 시야가 일그러지기 시작했다.

우박이 내리던 날

─이 열차의 종점은 의정부역입니다. 계속해서 연천 방향으로 여행하실 승객께서는 이곳에서 내리셔서 열차를 바꿔 타시기 바랍니다.

예상치 못한 기관사의 안내방송을 듣고 나는 황급히 가방을 챙겨 들었다. 플랫폼에 내려서니 건너편에 또 하나의 열차가 서 있는데, 사람이 많았다.

"이거 양주 가는 거 맞아요?"

나는 급한 대로 곁에 서 있는 한 여자에게 물었다. 시장바구니를 든, 초로의 그녀가 고개를 끄덕이자 나는 차에 올랐다. 누나 집에 가는 길이었다. 누나 나이가 칠순을 훌쩍 넘겼다는 사실을 생각하니 새삼 세월의 무상함이 느껴졌다. 그토록 긴 세월이 흐르는 동안 나는 누나의 집을 한 번도 찾지 않았다. 마지막으로 본

것이 언제였던지, 비 내리는 숲을 가득 채운 안개를 보는 듯 아득
했다.

서서히 열차가 움직이기 시작했다. 역을 벗어난 열차는 등성
이에 험준한 바위가 송곳처럼 솟아있는 산과 숲 그리고 벌판에
띄엄띄엄 흩어져 있는 농가 사이를 지났다. 여기 의정부에서 조
금 더 올라가면 동두천이고, 연천, 신망리, 대광리가 이어져 있다
는 사실을 나는 새삼 떠올렸다. 녹슨 철조망 아래 적막하게 펼쳐
져 있던 비무장 지대, 그곳에 내리깔린 뜻밖의 정적, 사십여 년
전 내가 군대 생활을 했던 곳이었다. 마치 세상 끝까지 와버린 느
낌이었다. 세상의 끝만 같이 여겨지던 그곳에 누나가 살고 있다
는 사실이 새롭게 가슴에 다가왔다.

열차가 양주역에 도착했다. 역 청사를 나오니 시야가 탁 트이
면서 텅 빈 들판이 보였다. 하늘은 전체적으로 회색빛이었는데
군데군데 험상궂은 검은빛 구름이 모여있었다. 피부에 와 닿는
바람이 제법 쌀쌀했다. 남쪽 바다 따스한 해풍에 길든 나에게 여
기 북쪽이 어떤지 맛 좀 보라 하는 듯했다. 아스팔트 도로엔 자동
차도 얼마 보이지 않았다. 두 대의 택시와 한 대의 시내버스가 길
건너편에 멈추어선 채 손님을 기다리고 있었다.

나는 그 가운데 택시 한 대를 잡아탔다. 택시를 탄다는 게 내겐
어울리지 않는 호사였지만, 동서남북 방향도 가늠할 수 없는 곳

에서 누나의 집을 찾아갈 방법은 그것밖에 없었다. 택시는 아무 것도 솟아있지 않은 논밭 사이를 빠르게 지나갔다. 멀리 야트막한 산등성이 아래 몇 채의 아파트가 늘어서 있고, 가까이에는 키 낮은 집들이 드문드문 눈에 띌 뿐 황량했다. 채 겨울에서 벗어나지 못한 들판엔 희누런 모래흙이 그대로 드러나 있었다.

누나가 왼쪽 발가락 세 개를 잘라내었다는 소식을 들었던 게 재작년이었다. 어찌해 볼 도리가 없이 심해진 당뇨 때문이었다. 그런데 발가락을 잘라낸 뒤로도 상태가 호전되지 않아 지난 시월엔 다리 하나를 통째로 잘라내었다. 골반 아래로 다리를 송두리째 잘라내었다고 했다. 문제는 거기에서 그치지 않았다. 남아 있는 오른쪽 다리마저 썩어가고 있다고 했다. 그런데 병원에서는 어찌 된 일인지 다리 절단 수술을 거부하고 집으로 돌아가라는 소리만 하고 있다고, 구리시에서 미용실을 하는 동생 효영이가 전해왔다.

"오빠. 언니 만나 보려면 빨리 가보는 게 좋겠어. 언제 무슨 일을 당할지 몰라."

전화를 끊고서도 효영의 그 소리가 뇌리를 오래 맴돌았다. 무슨 일? 무슨 일이라니…. 나는 뒤도 돌아보지 않고 집을 나섰다. 돌이켜 보면 내겐 어머니 같은 누나였다. 어머니가 세상을 버린 후 집안일은 모두 누나 몫이었다. 동네 사람들 가운덴 누나를 우리 집 식모로 아는 사람들도 있었다. 내가 야간 중학교 2학년쯤 되었을 것이다. 몹시 추웠던 어느 겨울날 학교에 가려는데 누나가 마당 한구석 수돗간에서 빨래를 하고 있었다. 꽝꽝 얼은 수도꼭지는 한낮을 지나면서 아주 가는 물줄기를 흘려내고 있었는데, 그 물을 받아 빨아낸 옷가지는 물속에서 건져내기가 무섭게 얼어버렸다. 그때 누나는 내 교복을 빨고 있었는데, 물에서 건져낸 내 바지는 허공에 두 다리를 뻗은 채 뻣뻣하게 굳어버렸다. 순간 누나의 손이 얼마나 시릴까 하는 생각이 들었지만, 나는 빠른 걸음으로 누나의 곁을 지나 밖으로 나가버렸다. 누나에게 한마디 말도 건네지 않은 채였다.

"다 왔습니다. 여기가 산내동 우정아파틉니다."

택시 기사가 차를 세우며 말했다. 다른 생각에 빠져 있던 나는 정신을 차리고 주변을 휘둘러 보았다. 연한 황토색 아파트 건물들이 하늘을 향해 뻣뻣하게 고개를 쳐들고 늘어서 있었다. 잠시 풀어놓았던 모직 점퍼의 지퍼를 목까지 끌어 올린 나는 계산을 치르고 차에서 내렸다. 8동 104호. 8동 104호. 근래에 들어 건망증이 많아진 나는 누나네 아파트 동호수를 중얼거리며 걸어갔다.

"누구세요?"

내가 104호 벨을 누르자 현관문을 열고 나온 이는 뜻밖에도 젊은 여인이었다. 30대 신혼처럼 보이는 곱상한 모습이었는데, 내 짐작에 늙은 효숙이 누나네에 이런 사람이 있을 것 같지 않았다.

“어! 여기 8동 104호 아닌가요?”

“맞는데요.”

여인은 내 얼굴을 빤히 쳐다보며 눈알을 이리저리 굴렸다.

“혹시 여기 박효숙이라고 나이 많은 여자분 없습니까?”

“잘못 찾아오셨어요. 그런 사람 없어요.”

곧바로 여인은 안으로 사라지고 문이 쾅 닫혔다.

이럴 리가? 분명히 8동 104혼데. 머리를 흔들어대며 나는 휴대폰을 들어 메모장을 열었다. 어처구니없게도 거기엔 8동 401호라고 적혀있었다. 나는 이마를 딱! 하고 쳤다. 하나밖에 없는 누나의 집을 찾아오면서 아파트 호수도 제대로 기억하지 못한 사실에 머쓱해져서, 나는 모자를 벗고 뒤통수를 긁어대었다. 이게 오랜 세월 병에 시달리고 있는 누나를 찾아볼 생각도 하지 않은, 내 무심함의 증거려니 싶었다.

나는 아파트 출구를 나와 옆 통로 엘리베이터를 타고 4층으로 올라갔다.

현관문을 열고 나온 이는 매형이었다. 아니 정확히 말해서 매형 같았다. 흰 머리카락이 성글게 솟아있고, 얼굴뼈 윤곽이 그대로 드러난, 메마른 얼굴이 처음 보는 듯한 모습이었다. 미리 연락하지 않았더라면 도무지 알아보지 못했을 터였다.

“어, 처남 왔어?”

매형은 내게 선뜻 손을 내밀었다. 우리는 간단히 악수를 나누고 거실 한쪽에 있는 작은 방으로 들어갔다. 안방은 큰조카네가 쓰고 있다고 했는데 그 집 식구들은 보이지 않았다.

나는 긴장된 마음으로 누나가 있을 방으로 들어갔다. 방안은 깨끗하게 정돈이 되었음에도 어디선가 퀴퀴한 냄새가 날아오르고 있었다. 낯설고 께름칙한 풍경이었다. 더욱 낯선 것은 환자용 철제 침대에 올라와 앉아있는 한 노파의 모습이었다. 이가 모조리 빠져 합죽이가 된 얼굴, 온통 은색으로 새어버린 머리는 남자처럼 짧게 깎아 올렸다. 그러잖아도 돌보기 힘든 터에, 머리로 가는 손길만이라도 줄이기 위해서 그랬을 것이다. 구순은 되어 버린 듯한 노파가 냄새가 풀풀 나는 듯한 철제 침대 위에서 내 쪽으로 시선을 돌렸다.

“누구여?”

누나 효숙의 모습은 너무나도 크게 변해 있었다. 오랜 세월 햇빛 한번 쏘이지 못했을 얼굴은 창호지처럼 하앴다. 언제나 그늘이 드리워져 있긴 했지만 맑은 눈망울과 반듯한 콧날 그리고 미인은 아니라도 조금 치장만 해주었다면 그런대로 빠질 게 없던 모습은 어디에서도 찾아볼 수가 없었다.

“나, 광식이.”

누나는 나를 향해 팔을 내뻗었다. 나 역시 팔을 뻗으며 누나에게로 다가가자 누나는 내 손을 덥석 잡아 왔다. 그리고 아직은 말간 눈알을 굴려 내 몸 구석구석을 살폈다.

"니가 이렇게 살아있었구나. 광식이. 아이구 광식이 니가….”

그 모습을 잠시 지켜보던 매형은 밖으로 나갔다. 오랜만에 만난 남매끼리 실컷 이야기를 나누라는 배려일 터였다.

"누나, 미안해. 일찍 와 봤어야 했는데 이렇게 됐네.”

"아이구 광식아. 그런 소리 마라. 그러나저러나 널 볼 때마다 내 몸이 이 지경이어서 미안하다.”

널 볼 때마다…? 누나의 그 말은 나를 아주 오랜 옛날로 재빨리 이끌고 갔다. 그랬었다. 그때도 누난 몸이 엉망이었다.

중학교를 졸업하고 집을 나온 내가 녹번동에서 자취를 할 때였다. 한여름 푹푹 찌는 무더위 속에, 우유 배달을 마치고 돌아와 부족한 잠을 청하고 있는데 들창 쪽에서 무슨 소리가 들려왔다. 오빠! 낯선 집에 찾아온 듯 조심스러운 그 목소리는 정녕 날 부르는 소리였다. 누구도 찾아올 리 없는 내 자취방에 뜻밖에 사람이 찾아온 것이었다, 나는 부리나케 일어나 밖으로 나갔다. 동생 효영이와 효숙이 누나가 판자 조각이 반쯤은 떨어져 나간 대문 앞에 서 있었다. 그제야 언젠가 효영이 학교로 찾아가 몇 푼 용돈을 쥐여 주며 내 자취방 주소를 적어주었던 일이 생각났다. 누나는 백지장 같은 낯빛에 엉거주춤 배를 움켜쥐고 있었는데 병색이 완연했다. 누나 얼굴을 뚫어져라 들여다보는 나에게 효영이가 다급한 목소리로 말했다.

"언니. 수술했어. 빨리 방에나 들어가. 언니 누워야 해.”

집에서 식모살이하던 누나가 집을 나간 건 재작년 가을이었다. 누나의 가출 사건은 내게 좋은 소식이었다. 어딜 가서 어떻게 살든 이보다 못할 리가 없다고 생각했기 때문이었다. 설사 술집에 취직을 해서 뭇 사내들에게 웃음이나 팔며 살더라도 이보다는 나을 것이라는 생각이었다.

"지난봄부터 언니가 아팠어."

한참 동안 말문을 닫은 채 방바닥만 내려다보던 효영이가 입을 열었다.

"그동안 소식이 없다가 어떻게 어떻게 연락이 닿아서 만났는데, 그때 언니가 배가 아프다고 했어. 난 대수롭지 않게 생각했지. 그런데 이제야 알았지만 그게 맹장염이더라고. 제때 수술하지 않아 맹장이 터져 복막염이 된 거야. 학교 수업 시간에 선생님이 날 부르더라고. 언니가 아프다니 빨리 가보라고…."

말을 끊고 물을 한 모금을 마시고 난 효영은 한숨을 폭 쉬었다.

"그래, 생각나네. 그게…내가 몇 살 때야? 내 녹번동 자취방에 살 때 누나가 엉금엉금 기다시피 해서 왔지. 효영이하고…. 참 오래된 이야기네."

내가 누나의 건너편 높이가 낮은 황토색 나무 침대에 궁둥이를 붙이며 말했다. 아마도 매형이 쓰는 침대인 모양이었다. 누나는 무슨 생각이 났는지 말을 끊고 천장만 바라보았다. 뜻 모를 침묵이 이어지고 한참 뒤 누나가 입을 열었다.

"그때 내가 배가 터질 듯이 아파서 효영이 학교에 전화를 했어. 누구 날 좀 돌봐줄 사람이 있어야지. 나 혼자서는 꼼짝도 못하겠고…. 효영이가 공부하다 말고 달려와 날 데리고 근근이 병원까진 갔는데, 병원에서 보호자가 있어야 한다고 그러는 거야. 아무리 사정을 해도 안 돼. 그래서 효영이가 집으로 달려갔지."

"그때 난 까마득히 몰랐어. 아마 그 시간에 우유 배달하느라 바빴을 거야."

"니 생각 안 한 건 아니지만, 연락할 방도가 있어야지. 전화가 있어 뭐가 있어. 그리고 니가 와 봐야 소용없는 일이야. 병원에선 부모가 와야 한다는 거야. 어머니나 아버지가 와서 서약서를 써야 한다고. 수술하다가 환자가 잘못돼도 책임 묻지 않는다, 뭐 그런 거…. 수술비니 뭐니 들어가는 돈도 그렇고…. 원 세상에, 사람들이 무슨 일마다 부모를 찾는 게 이상해. 부모라고 다 똑같나? 부모 없는 사람은 어떻게 살라고? 세상 사람들은 왜 그렇게 힘 있는 어른 편만 드는지 모르겠어. 난 아직도 이해가 안 돼. 광식아. 저기 물 한 잔만 줘라. 요즘 내가 말 조금만 하면 이렇게 입이 탄다."

나는 방 한구석 접이식 플라스틱 밥상 위에 있는 생수병에서 물을 따라 누나에게 주었다. 꿀떡꿀떡 단숨에 물을 마신 누나가 말을 이어갔다.

"그렇게 해서 아버지하고 새엄마가 왔는데, 날 보자마자 새엄마가 그러더라. 배창시가 썩어 죽을 년. 이 년이 지 에미 애비 싫다고 집 나가더니 배창시가 썩어서 왔다고…. 그러면서 의사한테 당장 수술을 그만두라고 그랬어. 그래서 의사하고 한바탕 싸웠어."

말을 마치고 누나는 손바닥으로 눈시울을 쓱 하고 닦았다.

"그렇게 수술하고 나니 효영이가 너한테 가자고 그러더라고. 네 집 주소를 안다고. 그렇게 해서 너한테 간 거야. 그 비싼 택시 타고 너한테 가면서 그래도 나한테 갈 데가 있다는 게, 얼마나 고마웠는지 몰라."

누나가 말을 하진 않았으나, 가출 후 자신이 살던 집으로 돌아가지 못한 이유를 나는 알고 있었다. 당시 누나는 서울역 근처에서 관상용 금붕어를 파는, 나이 많은 사내와 살고 있었는데, 몸이 아픈 누나가 며칠 발버둥 치는 걸 보고 사내가 다시는 자기 앞에 얼씬도 하지 말라고 오금을 박은 것이었다. 근본 없이 던져진 인생, 살기 힘든 것은 집안에서나 밖에서나 마찬가지였다.

"광식이 너도 이렇게 많이 늙었네. 그 잘 생겼던 얼굴이 다 어딜 갔을꼬."

한동안 눈시울을 닦아내던 누나가 한결 가라앉은 목소리로 내게 말을 던졌다. 누나는 어떻고! 하마터면 그런 소릴 할 뻔했던 나는 간신히 말을 바꿨다.

“그럼, 나도 칠십이 멀지 않았어.”

“그래 몸은 건강하냐?”

“난 괜찮아. 누나 먹는 것 어때. 누나 이가 다 빠졌다면서.”

“그래도 죽처럼 해서 먹어.”

“잠은 잘 자?”

“깊은 잠을 못 자. 자주 깨긴 하지만 그래도 지낼 만해.”

누나가 그런 말을 하는 사이 나는 방안을 휘익 둘러보았다. 성인용 기저귀와 물수건 등이 벽을 따라 차곡차곡 쌓여있었다. 내 시선은 기저귀가 담긴 커다란 봉지에서 멈췄다. 내가 저 지경이 되면 어떡하나 하는 생각이 들었고, 연이어 저런 모습 보이지 말고 일찍 죽어야지 하는 데까지 생각이 이르렀다. 그러나 거기까지였다. 눈앞의 누나가 바로 그 지경에 있다는 사실을 깨달았던 것이었다. 남들이 자신의 대소변 처리를 해 줄 때 누나는 무슨 생각이 들까. 대체 목숨이라는 게 무얼까. 인간의 생명이란 것엔 상식선에선 도저히 가늠할 수 없는 어떤 게 있다고 느껴졌다.

“요즘 왜 옛날 생각이 그렇게 많이 나는지 모르겠어. 어저껜 뜬금없이 어머니 장사 지내던 날 생각이 나는 거야. 어머니 상여가 나갈 때 니가 그랬어. 어머니, 나도 갈 거야. 어머니, 나도 갈 거야. 그렇게 울면서 상여를 따라갔지. 다섯 살 어린 것이 어떻게 그런 생각을 다 했을까? 그 생각만 하면 지금도 가슴이 미어져.

난 그러지 못했어. 난 엄마가 무서웠어. 왜 그렇게 어머니가 무서 웠는지 몰라."

내가 기억하기에도 어머니는 우리에게 엄격했다. 어머니의 성 격 탓일 수도 있겠으나, 우리를 강하게 키워 이다음 번듯한 사람 으로 만들고 싶은 속내가 있었을 것이다. 그러나 어린 자식들 놔 두고 그렇게 일찍 갈 것을 무엇 때문에 그토록 까다롭게 굴었던 것인지, 생각하면 좀 미운 생각도 들었다.

"내가 그랬어? 처음 듣는 소린데. 아무도 그런 말 안 했어. 아 버지도."

"아버지? 그 양반이 어떻게 그걸 알아? 아버지는 자기밖에 모 르는 사람이야. 자식놈들 고생고생 키워놨는데 효도하는 놈 하나 못 봤다고, 입만 열면 그 소리였어. 정말 어쩌면 그렇게 자기밖에 몰랐을까?"

하긴 누나의 말이 맞았다. 내가 아버지에게서 가장 많이 들었 던 소리는 불효였고 배은망덕한 자식놈이었다. 그건 누나나 효영 이도 마찬가지였다. 천하에 불쌍한 사람이 자기 자신이라고, 아 버지는 생각했다. 어찌 보면 그 말에 틀린 데는 없었다. 그래서 아버지 앞에서는 언제나 말문이 막혔다.

"나이 들어가면서 운동도 하고 해야 하는데 다리가 그러니 외 출도 못 하겠네, 누나."

아차 싶었다. 다리 하나를 잃고도 온몸이 썩어가는 고통을 견디고 있는 누나를 위로한다는 것이 치명적인 상처를 정곡으로 찌르고 말았다.

"외출은 무슨…. 억지로 휠체어 타고 나가면 못할 것도 없지만, 나가 봐야 뭐 있어?"

뜻밖에도 누나의 말은 덤덤했다. 모든 욕망을 다 내려놓은 도인이 누나 안에 들어앉아 있는 듯했다.

"평생 하늘 같은 건 구경 못하고 살아도 좋으니 제발 아프지만 않았으면 좋겠어. 남아 있는 이쪽 다리마저도 얼마나 쑤시는지, 참 힘드네."

"애들은 자주 와?"

"애들?"

순식간에 누나의 목소리는 축축이 젖어 버렸다.

"내가 오지 말라고 그래. 애들 볼 면목이 없어. 손주 놈들 한번 폭 안아봤으면 원이 없겠는데, 그냥 참아. 빨리 죽어지면 좋겠는데, 그게 참 어렵네. 우리 어머닌 그 젊은 나이에 어린 자식들 남겨두고 홀홀 잘도 가더구만…."

그렇게 말을 해놓고서 누나는 또 눈물방울을 찍어내었다.

"그래 넌 어떻게 살아? 너 그 나이 되도록 혼자 살지? 지난번에 어떤 여자랑 같이 사는 것 같던데… 갔어?"

"내 주제에 여자는 무슨…. 그냥 이렇게 사는 게 편해. 걸리는 거 없고….”

　내게 전혀 여자가 없던 것은 아니었다. 헤어졌다 만나고 또 헤어지고 하면서 그럭저럭 8년을 버텨온 남순이가 있었다. 그녀가 온다간다 소리 없이 사라져 버린 게 삼 년 전 진달래가 필 무렵이었으니, 이제 다시 만날 일은 없어 보였다. 돈 못 벌어오고, 걸핏하면 신경질을 부리고, 술만 먹으면 우는 사내를 좋아할 여자가 없는 건 당연했다. 그녀가 돌아오지 않을 것을 확신한 어느 날 밤, 나는 포구에 나가 작은 배 한 척을 몰고 나갔다. 바람이 유난히 세게 불어왔다. 초가을 동쪽에서 부는 강쇠바람이었다. 한 시간쯤 그렇게 바다에 생채기를 내며 달리다가 나는 배를 멈췄다. 새하얀 갈기를 치켜세운 파도들이 찰싹찰싹 내 배로 넘어오기 시작했다. 이제 몸을 일으키고 일어나, 저 검게 출렁이고 있는 물에 몸을 담그면 그만이었다. 소주병으로 나발을 불며 나는 생각했다. 저승이란 어떤 곳일까? 설마 죽은 내 귀신이 꽃이나 무지개가 만발한 곳으로 떨어지지는 않겠지. 용케 그런 곳에 떨어진다 해도 낯설고 어색해서 하루도 살지 못할 것 같았다. 남루한 인생을 살아온 내가 죽어서 갈 곳은 걸을 때마다 검은 꽃과 자갈이 물어뜯는다는 무섭고 칙칙한 계곡. 그런 곳일 터였다. 소주병에 남은 마지막 한 모금을 삼키는 순간 이런 생각이 들었다. 저승이라는 곳도 지긋지긋한 이곳의 단순한 연장일 뿐 아닌가. 내겐 이승이나 저승이나 다를 게 하나도 없었다.

얼마 후 나는 포구를 향해 배를 돌렸다. 강쇠바람은 키를 잡은 내 얼굴을 연방 후려치고 있었다. 못된 강쇠바람에 대항이라도 하는 듯 나는 있는 힘을 다하여 고함을 질렀다. 남순아! 남순아!

우리들의 화제는 옛날뿐이었다. 한 올의 즐거움이나 기쁨도 찾아볼 수 없는 옛이야기에 매달리고 있는 것은 우리가 늙었다는 증거였다. 그리고 어쩌면 우리가 함께 할 미래가 없음을 예감한 것인지도 몰랐다. 허공을 멀뚱멀뚱 바라보던 누나가 문득 생각이 난 듯 입을 열었다.

"그런데… 그런데… 눈만 감으면 어머니가 보여. 돌아가신 어머니."

"어머니 가신 게 도대체 몇 년이야? 올해 육십몇 년? 계산도 못 하겠네. 그런데 아직도 보여?"

"그렇게 말이다. 광식아. 요즘 죽은 어머니가 왜 그렇게 꿈에 나타나는지 모르겠다. 하얗디하얀 소복을 입고 내 앞에 나타나서는 암말도 하지 않고 나를 가만히 바라보다가 가버리곤 그래."

누나는 일 미터쯤 떨어져 있는 벽과 누나 사이 어디쯤 공간에 시선을 둔 채 중얼거렸다. 뒤쪽 창문에 비친 하늘은 빠르게 어두워지고 있었다. 잎 하나 거느리지 못하고 앙상한 가지만 남은 나무 한 그루가 유리창 한구석에서 보였다. 어머니가 꿈에 나타나는 것은 누나의 죽음에 대한 예시라고 나는 생각했다. 죽음이란 인간의 일이 아니었다. 그저 오라 하면 군말 없이 가야 하는 게 죽음이었다. 그래도 신은 마지막 가는 길의 인간에게 한가지 선처를 베풀었다. 그것은 곧 다가올 죽음에 대한 암시였다. 실제로 내가 경험한 일이었다.

그저 아득하게만 느껴지는 옛날 한여름 밤이었다. 그날 난 꿈 속에서 더할 수 없이 새카만 하늘을 보았다. 그리고 그 아래 더욱 어두운 빛으로 납작 엎드려 있는 산맥도 보았다. 그 짙은 어둠 어디에선가 이상한 빛들이 꼬물꼬물 나타났다. 그 불빛들은 점차 가까워지기 시작했다. 그것들은 빨갛고 노랗고 파란빛을 모자처럼 머리에 쓴 요물들이었다. 그 요물들은 피리를 불고 꽹과리를 치며 우리 집 쪽으로 걸어왔다. 집 앞 검은 물이 흐르는 개천을 저벅저벅 건넌 그것들은 거리낌 없이 우리 집 대문을 열어젖히더니 내가 누워있는 방으로 들어왔다. 그리고 다락방에 올라 고리 짝을 열고 무엇인가 하나씩 꺼내기 시작했다. 어머니의 옷들이었다. 한동안 벽장에서 소란을 피우던 요물들은 이윽고 스르름 내려와 피리를 불며 검은 물이 흐르는 개천을 건너 아득한 어둠 속으로 감쪽같이 사라져 버렸다. 그리고 그 다음 날엔가 그 다음다음 날엔가 그 일이 일어났다. 내가 모든 비극의 연원이라 생각한, 어머니의 죽음. 아니 어쩌면 내가 그 꿈을 꾼 것은 어머니가 죽고 난 뒤의 일일는지도 몰랐다. 아무튼 나는 그것을 하늘이 내게 어머니의 죽음을 미리 암시해 준 것이라 믿게 되었고, 그런 암시를 받고도 어머니를 살려내지 못한 안타까움에 오랜 세월 자책을 하였다.

"내가 다리가 하나 없잖아. 그런데 남은 다리마저 썩어가서 어떻게 해야 되는데, 병원에선 수술도 안 해 줘. 그냥 집에 가라는 소리만 해."

그것이 자신에 대한 죽음의 선고라는 사실을 모르고 있지 않을 누나는 또다시 그 말을 반복했다. 누나의 그런 소리는 삶에 대한 미련을 버리지 못한 탓이라고 나는 해석했다. 누나의 희망이야 어떻든 죽음은 창졸간에 다가올 터였다. 그리고 누나의 죽음이라는 그 엄청난 사실을 예감하면서도 내 눈에선 눈물 한 방울 솟아나지 않는 것이 기이했다. 내게 언제나 인정머리라곤 하나도 없는 놈이라고 퍼붓던 아버지의 말이 맞는 모양이었다.

"…니가 효영이 좀 잘 돌봐줘. 걔가 나이만 먹었지 아직 어린 애다. 걔 두 살 때 어머니가 돌아가셨는데… 엄마 젖도 제대로 못 얻어먹고 큰 애야. 생각할수록 불쌍해. 나이 스무 살도 되기 전에 나 집 나왔지, 그리고 넌 그때… 거기… 거기…."

거기? 누나가 거기라고 말한 그곳이 어딘지 내가 짐작하지 못할 리가 없었다. 내가 19살이던 해, 재수 없이 걸려든 한 녀석에게 마구잡이로 자전거 체인을 휘두른 적이 있었다. 그 아이는 머리가 터져서 피가 흘렀고 얼굴은 물론 온몸에 성한 곳이 하나도 없었다. 나는 그때 까닭 모를 울분과 적의에 차 있었다. 하지만 따져보면 내게 붙잡힌 그 녀석은 내 분노나 울분과는 아무런 관련도 없었다. 그 일로 난 일 년 가까이 갇혀 지냈다. 그때 내 주소는 서울시 서대문구 현저동 서대문구치소 3사하 21번 방이었고 내 이름은 1344번이었다. 누나는 지금 그 소릴 하고 있었다.

누나가 한숨을 푹 쉬더니 매듭을 짓듯 말했다.

"너 거기 나와서도 집에 들어가지 않았잖아. 엄마 없지, 나 없지, 너 없지, 어린 효영이 혼자 남아서 어디 하소연 하나 할 데 없이 온갖 구박과 설움 혼자 다 받고 살았으니 그 속이 얼마나 곪아 썩었겠냐."

시간은 오후 세 시밖에 되질 않았는데, 날이 어둑했다. 습기를 잔뜩 머금은 구름 때문이었다. 누나와 나는 창문에 가득한 어둠을 한참이나 바라보았다. 그러다 나는 자리에서 일어났다. 기차를 타고 거제까지 내려가려면 시간이 빠듯했다. 가봐야 먼지만 풀풀 나는 빈집인데, 무엇 때문에 이렇게 꼬박꼬박 찾아가는 것인지 내가 좀 우습게 느껴졌다. 나는 준비해간 흰 봉투를 누나에게 내밀었다. 그 안에는 내가 긁어모을 수 있는 돈은 죄다 긁어모은 백만 원이 들어있었다. 코로나가 번지고 나서 마땅한 일거리가 없던 내게는 큰돈이 아닐 수 없었다. 그러나 내가 어렸을 적 누나에게서 받은 온갖 정성과 수고에 비하면 터무니없이 초라한

액수였다.

"에그그. 니가 무슨 돈이 있다고….”

"얼마 안 돼. 좀 일찍 찾아왔어야 되는데 미안해. 내 사는 곳이 워낙 멀어야지.”

말을 그렇게 했지만, 우리 형제들 사이엔 별 필요가 없는 말이었다. 그냥 어디서든 살아만 주면 그만이었다. 수년 수십 년을 왕래 없이 살아간다 해도 죽었다는 소식만 오지 않으면 감사한 일이었다.

"나 갈게. 누나.”

나는 내 말끝에 일부러 누나라는 단어를 덧붙였다. 비록 내 입에서 튀어나온 소리였지만, 그 말에선 무어라 설명할 수 없는 온기가 느껴졌다. 내가 자리에서 일어나자 누나는 내 손을 덥석 잡아 왔다. 나는 누나의 어깨를 몇 번 가볍게 쓸어주었다. 한쪽 다리가 없는, 그리고 이제 곧 죽어야 할, 이 늙은 여인의 어깨는 금방이라도 부서질 듯 얇기만 했다. 이 장면에선 무언가 따뜻하고 의미 있는 말이 오가야 했으나, 나에게서나 누나에게선 아무런 말도 나오지 않았다. 그저 촉촉한 눈빛으로 상대방의 얼굴만 잠시 바라보다 고개를 돌렸을 뿐이었다. 방을 나오기 전에 나는 발길을 멈추고 주춤거렸다.

'누나. 이대로 죽더라도 서운해하지 마. 엄마한테 가는 거잖아.’

솔직히 이런 말을 해주고 싶었다. 그러나 그 말은 입안을 맴돌다 스러지고 말았다. 죽어가는 이에게 자신의 죽음을 확인시켜주는 일은 너무나 잔인했다. 또 죽어서 하늘나라에 간들 까마득한 옛날 서둘러 세상을 떠난 어머니를 만날 수 있다는 보장도 없었다. 아니 천국이라는 게 있기나 하는 걸까?

누나의 집을 나와 아파트 마당에 내려섰다. 하늘은 잔뜩 찌푸려있었고, 방향을 종잡을 수 없는, 습기 찬 바람이 어지러이 불어왔다. 낯선 땅, 낯선 하늘. 다리가 땅에 파묻힌 듯 나는 몸을 움직이지 못했다. 어쩜 이번이 마지막 만남이 되는 것일지도 모르는 일이었다. 뭔가 누나에게 해야 할 말이 남아 있는 듯했으나 그저 가슴만 먹먹할 뿐 누나에게 하고 싶은 말이 무엇인지조차 나는 모르고 있었다.

한참을 그렇게 붙박인 듯 서 있다가 나는 한 걸음씩 떼기 시작하였다. 누나가 당뇨가 심해져서 이상 증세가 나타나기 시작한 게 20년쯤 전이라고 했다. 지난 20년 동안 누나는 무엇을 했을까. 주변에서 당뇨를 염려하는 소릴 듣는 것은 흔한 일이었다. 그러나 그것 때문에 다리를 잘라내었다는 소리는, 더구나 더 이상 치료할 방도가 없어 죽기를 기다리고 있다는 건, 처음 듣는 소리였다. 도대체 왜 누나는 자신의 몸뚱이를 이렇게 팽개치고 살았을까.

왜 미리미리 몸을 돌보지 않고 이 지경이 되도록 만들었느냐고, 내가 슬쩍 던진 질책에 누나는 애들 키우느라 그랬지, 뭐 하고 애써 태연하게 대답했다. 그러나 나는 누나가 말하지 않은 속내를 짐작하고 있었다. 그때부터 누난 자신의 죽음을 준비하고 있었음이 분명했다. 일찍 어머니를 잃은 우리들에게, 삶이란 아등바등 매달릴 만큼 매력적인 게 아니었다. 한창 해맑은 꿈을 품고 살아가고 있어야 할 어린 나이에, 아무런 잘못이 없는 아이를 피투성이로 만들어 놓고 1344번이라는 이름으로 갇혀 살아야 했던 내 지난날도 그 비슷한 경우가 아닐 수 없었다. 혹시 어머니가 살아 있었다면 이런 일들이 일어나지 않았을 수도 있지 않았을까?

불현듯 그날이 떠올랐다. 내가 다섯 살이던 해 8월 한여름 밤, 시끄러운 소리에 나는 자리에서 일어나 눈을 비볐다. 아버지가 말했다. 광식아. 엄마가 죽었다. 순간 의아한 생각이 들었다. 어머니는 안방 아랫목에 반듯한 자세로 누워있었다. 어머니가 평소에 입던, 꽃무늬가 수놓아진 검정색 몸뻬 바지도 언제나처럼 벽에 걸려 있고, 댓돌 위에 가지런히 놓인 어머니의 흰 고무신은 새카만 어둠 속에서도 새하얗게 빛나고 있었다. 굳이 어머니가 아니라도 누군가 사람이 죽었다는, 난생처음 들어보는 그 말을 나는 이해할 수가 없었다.

64년 전 그 여름밤, 시신을 보고서도 느끼지 못했던 어머니의 죽음을 나는 오늘 비로소 느끼고 있었다. 그동안 어머니의 죽음을 받아들이지 않았기에 우리가 오랜 세월 그토록 극심한 부대낌 속에 살아온 것인지도 몰랐다. 분명히 어머니는 죽었다. 그것도 아주 오래전에…. 그건 맞는 말이었다. 나는 잠시 걸음을 멈추고 생각에 잠겼다. 그러나 나는 아직도 차마 그 사실을 인정할 수가 없었다. 아무리 하여도 그럴 수는 없었다.

그러면서도 누나의 한마디가 저녁 하늘에 잔잔히 번져가는 산사의 범종 소리처럼 둔중하게 가슴을 울렸다.

"그런데… 광식아. 내가 죽을 때가 다 되어서 그런가 요즘 느닷없이 새엄마도 불쌍한 인생이다, 그런 생각이 들어. 처녀 몸으로 하필이면 전처 자식이 셋이나 있는 집으로 시집을 왔으니, 단 하룻들 오붓하게 살았겠냐? 그때 배창시가 썩어죽을 년하고 나한테 고함치던 소리가 귀에 쩡쩡하다가도… 그 사람도 여자다. 그런 생각이 드네."

무언가 툭! 하고 날 건드리는 느낌에, 나는 고개를 들어 하늘을 올려다보았다. 토닥 토닥 토다닥. 한밤중 같은 어둠 속 잔뜩 찌푸린 하늘에서 빗방울이 떨어져 내리기 시작했다. 그러나 가만히 보니 빗방울만이 아니었다. 굵은 빗방울 사이사이에서 희끗희끗 무엇인가 보이는가 싶더니 팥알만 한 크기의 그것이 땅에 떨어졌다가 다시 통통 튀어 올랐다. 우박이었다. 비질하듯 퍼부어 내리는 빗방울과 허공을 하얗게 물들이며 쏟아지는 얼음알갱이. 나는 그것들을 온몸으로 맞으며 비칠비칠 앞으로 걸어갔다.

인조 사파이어 푸른 빛

샤워를 마친 은수는 바가지에 하이타이를 풀었다. 락스를 조금 떨어뜨린 다음 수세미로 바닥을 닦아내기 시작했다. 욕실 청소는 그녀의 습관이기도 했다. 정확히 죽은 남편으로부터 강요된 일과였다. 거울은 물론이었고 변기, 타일 바닥, 하수구 할 것 없이 손톱만한 물때만 보여도 남편은 짜증을 내었다. 목욕을 하는 동안을 제외하고 욕실은 드러누워도 좋을 만큼 메말라 있어야 했고 거울 세면대 수도꼭지 등은 번쩍번쩍 빛을 내야 했다. 그와 함께 살아온 육 년 세월이 그녀를 결벽증 환자로 만들어 버렸다. 오늘처럼 마음이 뒤숭숭한 날엔 하루에도 몇 번씩 샤워와 청소를 반복했다.

요즘 정우의 표정이 아무래도 마음에 걸렸다. 그는 고지식한 인사였다. 이 넓은 세상에 살아갈 길은 단 하나 뿐이라고 믿는 사람이었다. 열정적이거나 뜨겁지는 않았지만 심약하다고 할 만큼 생각이 깊은 사내였다. 그와 함께 있는 순간은 언제나 행복했다. 그는 남편이 남기고 간 뿌리 깊은 상처를 씻어주었다. 죽음이 아니면 치유될 수 없을 것 같던 상처는 그로 인하여 조금씩 아물어가고 있었다. 그런데 언제부터인가 그에게서 미묘한 변화가 감지되었다. 쾌활하고 매사 자신만만해했던 그가 자주 음울한 표정을 짓고 속내를 좀체 드러내지 않았다. 이따금 가볍게 짜증을 내기도 했다. 참을 수 없는 욕망에 금방이라도 온 세상을 태워버릴 듯한 기세로 달려들다가 갑자기 동작을 멈춰버리기도 했다. 그의 내부에서 무슨 일인가 벌어지고 있다는 증거였다. 그것이 자꾸만 신경을 거슬리게 했다.

화장실 수납장의 거울에서 뽀드득 소리가 나도록 닦아낸 은수는 변기 청소를 시작했다. 살균 소독제를 콸콸 소리가 나도록 부은 다음 솔로 박박 문지르고, 변기의 물을 내리고 또 내리기를 반복했다. 그러다 한순간 그녀는 욱 하는 소리를 내며 허리를 굽혔다. 구역질이 가슴에 차며 치밀어 올랐다. 축하합니다. 삼 개월쩹니다. 첫 아이라 하셨죠? 일주일 전 의사는 분명히 그렇게 말을 했었다. 급격하고 격렬한 충격이 그녀의 뇌리를 때리고 스쳐 지나갔다. 온몸의 핏줄과 신경세포가 한꺼번에 터지는 것 같은 느낌이었다. 그것은 환희였고 동시에 두려움이었다. 그녀는 눈을 감았다.

남편은 오래 아이를 기다려왔다. 시어머니의 닦달은 갈수록 심해졌다. 불임은 은수 스스로도 용서할 수 없는 일이었다. 하루에도 몇 번씩 은수는 아이를 가지지 못한 자신의 텅 빈 몸을 저주했다. 남편의 외도라는 것도 따지고 보면 저주받을 불임과 관련이 있었다. 그런데 지금 기적이 일어난 것이었다. 아무런 생명도 담아낼 수 없는 사막과도 같았던 몸에 생명의 싹이 돋아난 것이다. 축복이었다. 안타까웠다. 이런 축복이 조금만 빨리 왔더라면 하고 은수는 지금 전혀 다른 생을 살고 있을 터였다.

머리에 묻은 물을 대충 닦으며 거실로 나왔다. 몇 발짝 걷지도 않았는데 그새 또 현기증이 일었다. 몸엔 아무것도 걸치지 않은 채였다. 온몸에서 떨어지는 물기가 티끌 하나 없는 바닥을 적시는 것도 아랑곳하지 않았다. 그녀는 전화기가 놓여있는 탁자로 다가갔다. 그녀가 막 휴대폰을 들려는 순간 벨이 울렸다. 이 사실을 알려야 할 사람, 정우였다.

"나야."

여느 때 같지 않게 그의 말은 짧았다. 짧으면서도 단호한 구석이 있었다.

"어디예요? 그렇지 않아도 저도 전화하려던 참이었어요."

"우리 만나. 할 이야기가 있어. 저녁에 가게로 갈께."

저며오는 긴장감에 은수는 대답조차 할 수 없었다. 전화기를 내려놓고 그녀는 부지런히 온몸의 물기를 닦아내었다. 화장대에 앉아 정성 들여 화장을 하고, 아끼던 모직 코트를 꺼내 입었다. 가슴이 주체할 수 없이 뛰었다. 이 사실을 알면 그가 뭐라고 할까? 그는 은수와 마찬가지로 자신은 아이를 가질 수 없는 여자로 알고 있었다. 그런데 그게 돌연 뒤집힌 것이었다. 기뻐할까? 속았다고 화를 낼까? 오늘은 중요한 날이었다. 그것이 천국으로 향하는 길이건 지옥으로 가는 길이건 생애에 가장 의미 있는 날이 될 터였다.

열쇠를 찾느라 핸드백에서 쏟아져 나온 물건 가운데서 날카롭게 반짝이는 것이 있었다. 봉투칼이었다. 그것의 손잡이에 짙푸른 색 인조 사파이어가 박혀있었다. 남편과 괌으로 여행을 갔을 때 기념품 가게에서 산 그것은, 봉투 개봉용이라는 용도에 걸맞지 않게 날카로운 날을 가지고 있었다. 남태평양 외딴 섬 한 호전적 종족의 드센 기세가 배어있는 듯했다. 그녀는 칼을 손아귀에 쥐었다. 손잡이의 단단하고 매끄러운 감촉이 손바닥에 착 감겨왔다. 칼의 손잡이 위로 육 센티미터 정도의 칼날이 번쩍 빛을 내었다. 난 아이를 가졌어. 내 아기야. 그녀는 칼을 조금씩 돌리며 중얼거렸다. 그 반짝이는 칼에선 언제나 힘이 느껴졌다. 그 칼에 배어있는 살기와도 같은 상서로운 기운은 그녀를 다시 일으켜 세우곤 했다. 그것은 일종의 은장도였다. 남들에게 정조를 지켜주었지만 그녀에겐 생명을 지켜주었다. 은수는 그가 기뻐해 주길 바랐다. 당신에겐 어떤 책임이나 부담도 지우지 않을 거야. 그 말을 분명히 해 주어야 한다고 생각했다. 그렇다해도…. 자신이 없었다. 정우가 어떤 반응을 보이든 상관없다고 은수는 생각했다. 자신을 찾아온 첫 생명이라는 사실이 소중했다. 이 아이와 함께라면 은장도 같은 것 없이도 살 수 있을 터였다. 은수는 은장도를 손수건에 곱게 싸 호주머니에 넣었다.

*

추운 날씨였다. 0도에 가까운 기온 속에 북쪽에서 날아온 습기 찬 바람이 길거리를 개떼처럼 쏘다녔다. 은수가 차에 오르자 정우는 자신의 집으로 방향을 잡았다. 이제 얼마 남지 않았어. 그는 중얼거렸다. 시간이 별로 없었다. 어떤 식으로든 결론을 내려야 했다. 어쩌면 어떤 결단을 내리기엔 벌써 늦어버린 것일지도 몰랐다.

도시 외곽을 지날 때였다. 4차선 넓은 도로에 자동차들이 소걸음을 하고 있었다. 이곳은 평소에도 그다지 붐비지 않았다. 정우가 거처를 이곳으로 정한 것도 바로 그런 한적함 때문이었다. 한데 오늘은 유난히 많은 차들로 북적이고 있었다. 저만치에 파랗고 빨간 빛살이 빙글빙글 돌아가고 있었다. 자동차 사고였다. 차들은 속도를 줄여 가까스로 터진 한 개 차선을 따라 느리게 빠져나갔다. 경찰관과 주황색 유니폼을 입은 119 구급대원들이 무참하게 찌그러진 자동차 안에서 사람을 꺼내고 있었다. 여자였다.

그녀가 입고 있는 흰색 바지에 젖어있는 붉은 핏자국이 선명하게 보였다. 운전석에 미동도 하지 않은 채 앉아 있는 남자는 차체의 찌그러진 정도를 보아 생명을 부지하기 어려울 것 같았다.

은수가 고개를 숙이며 비명을 질렀다. 정우는 팔을 뻗어 그녀의 왼쪽 어깨에 손을 얹었다. 그녀의 얼굴은 창백했다. 숨이 답답했던지 손으로 가슴을 두들기고 있었다. 남편을 교통사고로 잃은 은수에게 그 광경은 너무나 충격적인 것일 터였다. 간신히 그곳을 벗어나자 탁 트인 4차선 도로가 눈앞에 펼쳐졌다. 정우는 빠른 속도로 그곳을 벗어났다. 아스팔트 위에 떨어진 느티나무 가로수 잎들이 바람에 날려 차창을 쓸고 지나갔다.

"정우씨. 저 사람들 어떤 사이일까요?"

"글쎄."

"부부는 아닐 것 같아요."

"왜 그런 생각을 했어?"

"무엇엔가 쫓기는 듯 운전을 하다 난 사고가 아닐까 싶어요. 세상에 드러낼 수 없는, 쫓기는 사랑을 하는 사람들. 부부라면 그럴 필요가 없겠죠."

"불륜?"

"그런 단어는 싫어요. 너무 칙칙하잖아요."

자동차 한 대가 요란한 경적을 울리며 곁을 스쳐갔다. 거의 부딪칠 듯이 스쳐지나간 빨간색 스포츠카 유리창 너머로 상대방 운전자의 모습이 얼핏 보였다. 그는 얼굴을 험악하게 일그러뜨린 채 무어라 고함을 질렀다. 정우의 차가 남의 차선을 반쯤 차지하고 있었다. 정우는 핸들을 틀어 차를 바로잡았다. 자신의 입에서 돌연 튀어나온 불륜이라는 단어가 한순간 스스로의 가슴에 파고들었었다. 머리에 어지러이 널린 생각들은 접어두고 운전에만 신경을 써야겠다고 생각했다.

"졸았어요?"

은수가 말했다.

"아니. 다른 생각을 좀 했어."

"무슨 생각을 했어요?"

"아무 것도 아냐. 오늘이 이십 일 맞지?"

"맞아요."

"내일이면 이월 이십일 일 모레면 이십이 일 그 다음날이 이십삼 일…."

"꼭 수능고사 날짜를 꼽아보는 학생 같네요. 무슨 좋은 일 있어요?"

"은수. 앞으로 일 년쯤 뒤에 우리는 어떻게 될까?"

"앞날 같은 건 생각하고 싶지 않아요."

정우는 라디오를 켰다. 바이올린 선율이 허공에 스미듯 흘러나왔다. 연이어 오케스트라의 낮으면서도 장중한 선율이 차 안에 쌓이기 시작했다. 안개 속에서 굵은 빗방울이 후드득 떨어지더니 이내 쏴아 하고 쏟아붓기 시작하였다.

지난해 초겨울이었다. 11월에 들어서면서 연사흘째 비가 쏟아지고 있었다. 비가 오는 날이면 언제나 그렇듯이 바다 가까이에 있는 집으로 가는 길은 눅진한 안개에 파묻혀 있었다. 그날 낮은 구름 탓에 세상은 먹물빛이었다. 월래月來쯤이었다. 막 산모퉁이를 따라 휘어진 길을 돌아 나왔을 때, 정우는 눈을 부릅떴다. 바다를 향해 싹둑 잘려나간 땅의 끄트머리에 한 여자가 서 있었다. 그곳은 종종 사람들이 차를 세우고 신화처럼 피어오르는 물안개를 휘감아 한 폭의 수채화처럼 변해버린 산맥이며 금방이라도 육지 위로 넘쳐오를 듯 철버덕철버덕 넘실거리는 바닷물을 하염없이 바라보는 곳이기도 했다. 여자는 온몸으로 비를 맞으며 바다 위로 떠오른 광막한 어둠을 바라보고 있었다. 그녀를 에워싸고 있는 상서로운 기운 때문이었을까. 아니면 물기를 흠뻑 머금은 채 장옷처럼 늘어뜨려진 긴 머리칼 때문이었을까. 그 여자에게서 어떤 종류의 위기감이 느껴졌다.

정우는 여자가 있는 곳으로 달려가 차를 세웠다. 그녀에게서 어떤 움직임이 감지된 것은 아니었다. 여자는 단 한차례의 눈길도 보이지 않았지만 정우의 행동엔 조금의 망설임도 없었다. 어쩌면 의사로서의 직업적 본능 같은 것일 수도 있었다. 그녀는 추위에 꽁꽁 얼어있을 터였고 주위엔 사람이든 자동차든 몸을 의탁할 아무것도 없었다. 정우는 조수석 유리창을 내렸다. 그리고 마치 아는 사람을 만나기라도 한 듯 가벼운 어조로 말을 던졌다.

"타시죠."

그녀는 얼핏 한차례 시선을 던졌을 뿐 움직이지 않았다.

"타세요. 그러다 얼어 죽어요."

정우는 애써 활달한 목소리를 지어내었다. 끝내 아무런 반응도 보이지 않을 것 같던 그녀가 주춤주춤 몸을 돌렸다. 그리고 몸을 웅크려 차 안으로 들어왔다. 그녀의 검고 긴 머리칼이 그러잖아도 좁고 어두운 차 안을 반쯤 메워버리는 것만 같았다. 그녀의 얼굴은 몹시 초췌해보였다. 입술은 파랗게 얼어있었고 눈언저리엔 검정빛이 엉켜있었다. 그녀가 몸을 떨고 있었으므로 정우는 히터를 삼단까지 올려놓았다.

"집이 어디세요?"

정우가 차를 후진시키면서 물었다. 그녀는 말하지 않았다.

"전 여기 가까이 살아요."

정우는 행선지를 밝히고 그녀를 바라보았다. 여자는 어떤 반응도 보이지 않았다. 그녀의 얼굴은 흩뜨려진 머리칼에 잠긴 채 정지되어 있었다. 바다 안개가 차창을 쓸며 스쳐갔다. 월래읍이 가까워지면서 훨씬 밝아진 도로엔 차들이 하나둘 보이기 시작했다. 정우는 잠깐 비현실의 세계에 들어갔다가 나온 것 같은 느낌을 받았다. 어둠의 바다 위 삭막한 벼랑에 긴 머리를 늘어뜨리고 서 있던 여자. 그건 착각이나 환영 같은 것이 아니었다. 그 여자가 지금 옆에 앉아있었다.

자동차가 도로 옆 한 전자제품 가게의 밝은 빛살 아래를 지나갈 때였다. 가슴께에 모아 쥔 여자의 손아귀에서 어떤 금속성 물체가 반짝 빛을 발했다. 언뜻 보기에 칼 같았다. 손잡이 부분에 파란색 인조보석이 달린 장식품 같은 것이었지만, 한 사람의 생명을 해칠 수도 있을 것도 같았다. 여자는 그것을 내내 손에 들고 있었던 듯했다. 어둠에 휩싸인 낭떠러지 위에 칼을 움켜쥐고 서서 여자는 무슨 생각을 했던 것일까. 정우는 앞 유리창에 낀 서리를 손바닥으로 몇 차례 닦아내었다.

"가을이 가고 겨울이 오고… 계절이 이쯤 되면 기분 변화가 심해지게 되죠. 까닭 없이 우울해지고 불안하고 그래요. 그걸 의학적으로는 계절성 정동장애라고 하죠. 요즘 그런 사람들 많아요. 하루에도 열두 번씩 자살을 꿈꾸는 사람들 말이에요. 더군다나 이 겨울에 비까지 저렇게 내리고 있으니, 감수성이 예민한 사람들은 그럴 만하죠."

정우는 일부러 의학 용어까지 섞어가며 그 현상을 설명하였다. 그런 투의 말은 의사로서 몸에 밴 습관일 수도 있었다.

"요즘 같은 시대에 사람의 목숨만큼 가치 없는 것도 없죠. 기분 나쁘다고 엉뚱한 사람 지하철에 떠밀고, 말대답한다고 마누라 목 졸라 죽이고…. 돈이나 원한 때문에 살인을 하는 것은 고전에 속해요. 어떤 사람들은 온갖 이유를 대서 자기 목숨을 해치지 못해 안달을 하고 있어요. 자살동호회 같은 것도 있는 모양인데, 자살이 무슨 취미활동쯤으로 생각하는 모양이죠? 아무튼 죽음을 들먹이지 않으면 말도 먹히지 않아요. 결사반대. 결사투쟁. 세상 돌아가는 게 목숨을 걸어놓고 벌이는 도박판이죠. 세상이 삭막해진 것인지 사람들이 갈수록 약해 빠지는 것인지 모르겠어요.”

여자의 어깨가 격하게 흔들리더니 진한 울음이 불규칙한 호흡 사이사이에서 비어져 나왔다. 그녀의 가슴 속에서 오래 묵혀있었을 농도 짙은 울음이었다. 저 울음을 해소해 내지 못해 그녀는 죽음을 결심했었을 것이라고 정우는 생각하였다.

“저희 집에 다 왔어요. 한적하고 집 가까이 바다가 있어서 일부러 이곳을 택했죠. 댁이 여기서 머나요?”

“….”

“괜찮으시다면… 잠시 들어가시겠어요? 물기라도 닦으셔야지 이대로는 아무 데도 못 가실 것 같군요.”

역시 묵묵부답이었다. 그는 자신의 집을 향해 차를 몰아갔다. 혼자 사는 집이긴 했지만 별 문제가 될 것 같지 않았다. 어쩌면 지금쯤 싸늘하게 식어진 채 바닷물에 쓸려가고 있을 그녀였다. 무엇이 죽음보다 무서울까 싶었다.

*

빗줄기는 점차 거세어졌다. 쉴 사이 없이 퍼부어내리는 빗방울로 앞유리창엔 바글바글 물무늬가 일었다. 그 모양은 차 안으로 들어오기 위해 안달을 부리고 있는 수백 마리 요정들 같았다. 자동차가 지나갈 때마다 물보라가 부챗살처럼 펼쳐졌고, 도로의 양끝에는 물줄기가 제법 뚜렷한 골을 이루며 흘러갔다. 굵은 빗줄기가 하늘과 땅을 잇고 그 사이 사이를 어둠이 빼곡 메우고 있었다. 하늘과 땅이 하나가 되고 텅 빈 허공이 가득 채워진 느낌. 은수는 이런 날씨가 좋았다. 삼라만상이 통째로 일어나 신들린 듯 요동을 치는 이런 세상. 차창 밖 풍경을 무연히 바라보던 그녀는 혼잣말처럼 중얼거렸다.

"우리가 처음 만난 날에도 이렇게 비가 내렸었어요."

"그렇지. 나도 그런 생각을 했어."

그가 고개를 조금 주억거리며 말했다. 윤회라고 했던가. 운명의 수레바퀴를 타고 세상을 한 바퀴를 휘돌아 다시 원점에 와 버린 느낌이었다.

돌이켜 생각하면 지옥 같은 나날이었다. 술과 신경안정제가 아니면 잠시도 마음을 추스릴 수가 없던 지난날이었다. 신경안정제가 떨어지면 하다못해 독한 감기약이라도 먹어야 했다. 그러고도 밤마다 불면과 불안에 시달렸다. 시도때도 없이 심장이 터져 버릴 듯 뛰고 식은땀이 차고 가슴이 답답하여 숨을 제대로 쉴 수가 없었다. 남편의 배신 따위가 문제가 아니었다. 갑작스런 그의 죽음도 마찬가지였고 앞으로 어떻게 살아가야 할까 하는 염려는 사치였다.

　문제는 뼈에 사무치는 고독감이었다. 세상으로부터 철저하게 버려졌다는 느낌. 자신은 아무짝에도 쓸모가 없다는 자괴감이 그악스럽게 가슴을 후볐다. 그 끝에 떠오른 것이 죽음이었다. 이 공포스런 현실에서 달아날 수 있는 길은 그것뿐이었다. 그게 자신을 비웃듯 희희낙락 돌아가고 있는 세상에 복수를 하는 데도 좋은 선택 같았다. 그래서 그날 밤 파도가 바다를 갈기갈기 찢어내고 있는 그곳을 찾았다. 하지만 죽는다는 계획은 보기좋게 실패하고 말았다. 그건 우습게도 어둠 때문이었다. 아무 것도 보이지 않는 어둠 속으로 몸을 던진다는 게 무서웠다. 절벽 아래 무엇이 있는지도 모르면서 떨어지긴 싫었다. 만약 그것이 물이 아니라 바위라면, 그 위에 찢기고 깨어진 자신의 모습은 생각만 해도 끔찍했다. 그런 모습을 남기고 세상을 떠난다는 게 망설여졌다. 그러다 정우를 만났다. 그날 은수는 마치 예정이라도 해두었던 듯 그를 따라갔다. ‘그러다 얼어 죽어요.’ 그 말이 간신히 짓눌러왔던 공포감을 일깨웠던 것인지도 몰랐다. 꽉 막혔던, 대화의 통로가 열릴 수 있겠다는 기대감 때문이었는지도 몰랐다. 상대가 누구든 상관없었다. 그저 가슴에 쌓여있는 말을 한 옹큼만이라도 덜어낼 수만 있다면 충분했다.

　“그런데 말야. 한 가지 궁금한 게 있어.”

갑작스런 정우의 물음에 은수는 슬그머니 눈가의 물기를 씻어내며 바로 앉았다. 어느새 눈물방울이 송골송골 맺혀 있었다.

"우리가 처음 만났던 날, 은수는 우리집으로 갔어. 더운 물로 목욕을 했지. 그건 필요한 일이었어. 온몸이 꽁꽁 얼어있었으니까. 그런데 궁금한 것은… 어떻게 나에게 몸을 허락할 수 있었지? 난 그저 조금 전에 우연히 만난 남자였을 뿐이었잖아."

그녀는 피식 웃음을 흘렸다.

"…정우씬 지금 저에게 화냥년 아니냐고 묻고 있는 것 같네요. 그럼 당신은 어떻게 처음 본 나에게 그런 행동을 할 수가 있었죠?"

"솔직히 말해도 돼?"

"네. 아주 솔직하게요."

"그게 전부는 아니겠지만… 욕정이었어. 은수의 새하얀 속살이 눈에 들어왔는데 더할 수 없이 아름답고 신비했어. 그 순간 이 여자를 범한 대가로 목숨을 내주어도 좋다는 생각이었지. 너무나 강렬한 충동이어서 어찌해 볼 겨를도 없었어. 그냥 짐승이었지."

"그러니까 우리는 화냥질과 욕정으로 시작된 사이였군요."

은수는 큰소리로 웃음을 터트렸다. 하지만 서운한 생각은 들지 않았다. 그녀가 아는 한 인생이란 게 그렇게 고상한 것도, 마냥 애지중지할 보물단지 같은 것도 아니었다.

"사실 누굴 범한 건 정우씨가 아니라 저였을지도 몰라요. 죽으려던 계획이 보기 좋게 실패하자, 얼마나 비참한 기분이 들었던 지… 살아갈 용기도 없으면서 죽기조차 못하는 내가 너무나 추했 죠. 너무 싫었어요. 그런데 당신이 나타났죠. 남자요. 내가 모르 는 남자. 남자들에겐 한 여자의 인생쯤은 간단히 뭉개버릴 수 있 는 힘이 있죠. 남자는 늑대라는 말이 그냥 나왔겠어요? 어떻든 그 래서 당신에게 날 던졌어요. 낭떠러지에 몸을 던지는 기분으로 요. 당신이 의사가 아니라 살인자였다 해도 마찬가지였을 거예 요. 그런데 이상해요. 죽고만 싶었던 내가 이렇게 펄펄 살아 있잖 아요? 어떻게 죽을까만 생각하던 내가…. 아무튼 화냥질이든 욕 정이든 괜찮을 것 같아요. 그렇게 해서 사람을 살릴 수만 있다면 요. 살아있다는 건 좋은 일이라는 걸 알게 되었죠."

원자로 발전소 앞을 지나자 차는 왼쪽으로 방향을 틀었다. 이 제 숲 가운데로 난 이차선 도로를 따라 삼 분 정도만 가면 정우의 집이었다. 어둠 속에서 은밀한 속삭임처럼 내리던 빗방울들이 헤 드라이트 불빛을 받아 은백색 투명한 빛으로 반짝였다. 그 광경 이 수만 개의 수정 알맹이가 주룩주룩 떨어지고 있는 듯이 보였 다. 은수는 자신의 아랫배를 가만히 손을 얹고 문득 생각이 난 듯 이 물었다.

"뭐 하나 물어봐도 되요?"

"그래, 뭐든지."

은수는 우물거릴 뿐 혀끝에서 놀고 있는 그걸 뱉어내지 못하고 있었다.

"말해. 오늘따라 딴 사람 같네. 궁금하잖아."

"혹시… 그런데… 혹시… 절 사랑하세요?"

그 말이 입술을 빠져나가는 순간 후회감이 일었다. 하지만 한 번 뱉어놓은 말을 어쩔 수 없었다. 은수는 자신의 아랫배를 어루만졌다. 고개만 잠시 돌려대었을 뿐 정우는 대답을 하지 않았다. 어둠 속에서도 그의 얼굴은 하얗게 빛났다. 창백하다 싶을 정도로 하얀 그의 피부를 은수는 좋아했다. 그것은 자신이 갖지 못한 우아함과 고고함의 상징처럼 보였다. 기어 위에 얹힌 정우의 손에 자신의 손을 얹으며 은수는 다시 물었다.

"못 들었어요? 절 사랑하시느냐구요."

*

정우는 핸들을 움켜잡았다. 그가 할 수 있는 일이 오직 그것뿐인 것처럼 운전에만 신경을 썼다. 마음 같아서는 이대로 차를 몰아 지구 끝까지 가버리고 싶었다. 그러나 앞으로 갈 수 있는 거리는 고작 몇백 미터에 불과했다. 그는 생각했다. 그전에 같으면 나를 사랑하느냐는 은수의 말에 대답은 당연했다. 그녀를 향한 자신의 마음을 사랑이라는 단어가 아닌 다른 말로 표현할 수 없었다. 지난해 늦가을, 월래의 바닷가 낭떠러지에서 그녀를 처음 본 순간 모든 의지와 사고력은 그녀에게 빨려들어가 버렸다. 그녀를 에워싸고 있는 비극적 이미지가 잠시도 숨통을 놓아 주질 않았다. 그러나 지금은 자신 있게 말을 할 수가 없었다. 유학을 떠난 아이들을 따라 미국으로 건너간 아내로부터 집으로 돌아오겠다는 전화를 받는 순간, 대본을 읽는 아나운서의 그것과도 같은, 시리고 맑은 음성을 통하여 자신에게 아내와 자식들이 있다는 사실을 다시 한번 구체적으로 인식하게 된 그 순간부터, 정우는 걷잡을 수 없는 소용돌이에 휘말리고 있었다. 만약에 은수를 사랑하고 있다면 아내에 대한 마음은 어떤 것일까? 도대체 사랑이란 게 어떤 거지?

아내는 자신과 여러 가지 면에서 달랐다. 찢어지게 가난했던 정우에 비하여 그녀는 부잣집 외동딸로 태어났다. 분수에 넘치게 해운대 번화가에 병원을 차리게 된 것도, 아이들을 선뜻 조기유학길에 보낸 것도, 대도시의 근교에 별장 같은 집을 가지게 된 것도, 다 돈 많은 장인 덕분이었다. 연분홍색 화려한 새장에 들어앉은 십자매나 카나리아처럼 눈만 뜨면 웃고 깔깔거리는 아내를 곁에 두고서도 그는 침묵에 갇혀 살았다. 아내가 안방 침대에서 연속극을 보고 있으면 그는 거실에 앉아 다큐멘터리나 뉴스를 봤다. 스파게티나 달걀 샐러드 그리고 토마토를 넣어 만든 샌드위치를 좋아하는 아내에 비하여 그는 된장찌개나 상추쌈 같은 것을 좋아했다. 아내와 자신은 두 개의 호두알처럼 굴었다. 누군가 한 손에 거머쥐고 있을 때를 제외하곤 언제나 둘이었다. 손아귀 안에 들어 있을 때조차도 조금도 합쳐지지 않고 철저히 분리된 둘이었다. 그러면서도 서로 편했고 자연스러웠다. 그것을 사랑이 아니라고 말할 수는 없었다.

은수를 만난 후 아내를 의식하지 않았던 것은 아니었다. 하지만 은수를 향한 사랑과 아내를 향한 마음은 전혀 별개의 것처럼 여겨졌다. 은수를 사랑한다는 사실이 아내를 사랑하지 않는다는 것을 의미하지는 않았다. 다만 형체만 다를 뿐이었다. 하지만 아내의 귀국을 고작 열사나흘 앞에 둔 지금 그는 자신의 논리에 커다란 혼란을 느끼고 있었다. 혹시 은수를 향한 마음은 욕정의 다른 이름은 아니었을까? 관능과 젊음 그리고 그녀에게서 언뜻언뜻 드러나는 야성을 향한 무분별한 동경 같은 것은 아니었을까?

"어떤 책을 보니까, 창녀들에겐 한 가지 신조가 있대. 절대로 사랑에 빠지지 않는다는 것. 사람들은 행복해지기 위해서 사랑을 찾지만, 그건 오히려 불행에 이르는 길이라는 사실을 그 여자들은 알고 있다는 거야. 그건 그 여자들이 자신들의 기구한 인생을 합리화하기 위해 지어낸 말일 수 있겠지. 어떻든 사랑이 뭔지 도무지 알 수가 없어. 열정? 희생? 영원? 그래, 우리들 사랑은 영원할 거야. 흔히 그런 맹세를 하지. 사랑은 영원한 것. 그런 노래도 있잖아. 그런데 우리들 인간 세계에 영원이라는 게 가능키나 한 거야?… 어쩌면 사랑이라는 건 지구상의 일이 아닐지도 몰라."

차는 이미 아파트 단지 안으로 들어와 있었다. 정우는 차를 세우고 한참동안 자신의 집을 올려다보았다. 비바람이 몰아치는 어둠 속으로 유난스레 밝은 빛을 흘려보내고 있는 아파트 건물에서 불 꺼진 자신의 집은 뻥 뚫린 한점 구멍처럼 보였다.

*

은수는 마치 외출에서 돌아와 제 집에 들어선 사람처럼 긴 코트를 벗어 내렸다. 엉덩이를 간신히 가린 짧은 검정색 스커트 아래 희고 긴 다리가 탱탱한 질감 속에 드러났다. 긴 머리칼에서 출발하여 가슴과 허리 그리고 엉덩이로 흘러내린 선은 매혹적이었다. 이 세상의 어떤 선도 그녀가 그린 곡선만큼 매혹적일 수 없을 것 같았다. 그것은 폭발의 순간만을 기다리고 있는 거대한 에너지 같은 것이었다. 벗어 내린 코트를 걸어둘 못을 찾아 거실을 몇 발자국 걷던 그녀가 갑자기 그를 돌아보며 짧은 미소를 던졌다. 그것엔 불문곡직 사람을 잡아끄는 마술적인 힘이 있었다.

정우는 그녀에게 쏠려있던 시선을 거두어들였다. 이제 보름도 채 남지 않았다는 사실을 떠올렸다. 그 안에 어떤 결론을 내려야 했다. 만나고 즐기고 간단히 헤어지고…각자 배우자를 따로 가지고 있는 남녀가 가지는 그런 도식적 종말은 싫었다. 결혼을 했다고 해서 다른 사람을 사랑할 수 있는 능력까지 사라지는 것은 아니었고, 상식과 율법에는 어긋날지언정 그 안에 진정성이 없을 리 없었다. 속물적이지 않은 특별한 선택이 있으리라고 그는 생각했다. 겉옷을 벗어 던진 정우는 곧장 냉장고로 가서 위스키를 꺼냈다. 술을 즐기지 않는 그였지만 오늘만큼은 술을 마시지 않을 수 없었다.

"아까 보니까, 은수는 아직도 충격에서 헤어나지 못한 것 같아. 남편 자동차 사고 말야."

지금까지 정우는 단 한 번도 죽은 은수의 남편을 화제로 삼지 않았다. 그것은 너무나 잔인한 일이라고 생각했기 때문이었다.

"아녜요. 잊은 지 오래예요. 그냥 말하기 싫을 뿐예요."

은수는 머리를 흔들었다. 그리고 갈색 위스키가 담긴 유리잔을 가만히 들여다보았다.

"말할게요. 전엔 생각조차 하기 싫은 일이었지만, 이젠 말할 수 있어요."

은수는 위스키로 살짝 입술을 적시고 나서 입을 열었다.

"지난 초겨울 일요일이었어요. 날짜는 말하고 싶지 않아요. 밤 11시쯤 티비를 보고 있는데, 모르는 남자에게서 전화가 왔어요. 어디 경찰서 경찰관이라더군요. 그런데 그 사람 하는 말이 가관이었어요. 남편이 교통사고가 나서 사망했으니 와서 확인을 해달라는 거였어요. 그래서 내가 전화가 잘못된 거 아니냐고 물었죠. 내 남편은 회사 일로 중국 간 지 석 달째라고요. 그런데 그 사람이 다시 한번 확인을 하더군요. 우리 집 주소하고 남편 주민번호, 인상착의, 맹장수술 자국 그리고 엉덩이에 박힌 점까지요. 전화를 끊고 부리나케 남편에게 전화를 했죠. 신호는 가는데 받질 않았어요. 생각해보니 마지막으로 남편의 전화를 받은 것은 오래전이었어요. 그건 전혀 이상할 게 없는 일이었어요. 그 사람 일이 워낙 바빴거든요. 피부가 검고 살찌고 맹장수술 받은 적이 있는 사람이 어디 남편 한 사람 뿐이겠어요? 그렇지만 아무래도 마음을 놓을 수가 없었어요. 포항 어느 병원으로 야밤에 차를 몰고 가면서 남편이 아닐 거라고 다짐을 했고… 경찰을 만나면 왜 이렇게 사람을 놀라게 하느냐… 뭐라 분풀이를 할까… 이런 생각만 하려고 애를 썼어요. 그러면서도 무서웠어요.”

은수는 거기에서 잠시 말을 끊었다. 그리고 술잔을 들어 한 차례 더 입술을 적셨다.

“그런데… 남편이 맞았어요.”

은수는 말을 끊고 술잔을 빤히 바라보았다.

“힘들면 이야기하지 않아도 돼.”

은수는 말을 끊고 어둠으로 가득 찬 창문을 한동안 바라보았다. 저 어둠은 태곳적부터 저 자리에 있었겠지, 하는 엉뚱한 생각이 잠시 들었다.

”너무나 놀랐죠. 숨이 딱 막혀 쉬어지지 않을 만큼. 도대체 어떻게 해야 할지…. 하늘이 무너진다는 말은 바로 그런 경우를 두고 하는 말이었어요. 그런데 경찰이 또 다른 시체 좀 봐달라는 거였어요. 같은 차를 타고 가다 사고를 당한 사람인데 중국 주소가

같다구요. 그런데 그 사람이 남잔지 여잔지 딱 부러지게 말하지 않는 게 이상해서 내가 물었죠. 여자냐고요. 그랬더니 경찰이 고개를 끄덕이더군요. 자기네들도 처음엔 부부 사이인 줄 알았다더군요. 난 보지 않겠다고 했어요. 그래도 혹시 친척일 수도 있지 않겠느냐고 하길래 그런 사람 없다고 잘라 말했죠. 제 말에 경찰은 말없이 고개를 끄덕이더군요. 전 그 자리에 주저앉아 버렸어요. 제 기분을 달려주려고 그랬던지 경찰이 말을 돌리더군요. 둘은 술에 몹시 취해 있었다고요. 차가 시멘트 방호벽을 들이받고 삼 미터쯤 아래로 굴러떨어졌다고요.”

은수의 입술이 심하게 일그러졌다.

“나중에 경찰이 두 사람은 한국에서 사귀던 사인데 중국 파견 갈 때 여자도 함께 갔던 거라고 그러더군요. 그 말을 듣고 나니 내가 중국에 가보고 싶다고 할 적마다 일이 너무 바쁘다는 등, 여긴 볼 것도 없고 여자 혼자 편안히 올 곳이 못 된다는 등, 남편이 극구 말렸던 게 생각나더군요. 그동안 이상했던 퍼즐 조각들이 딱딱 맞아들어가서 한편으로 속이 후련했어요. ”

살짝 열려있는 베란다 유리문 사이로 바람이 파고들며 높고 날카로운 소리를 내었다. 문을 닫으려 몸을 일으키는 정우를 은수는 제지했다.

“듣기 좋네요. 늑대 울음같이….”

“미안해. 내가 공연한 질문을 했어.”

정우가 낮은 목소리로 말했다. 은수는 소파에 비스듬히 누워 눈을 감았다. 눈언저리에 물기가 조금씩 배어들며 엄마 생각이 났다. 그 생각은 지표면 가까이 흐르는 지하수처럼 시시때때로 번져나왔다. 중학교 삼 학년이던 어느날 학교에서 돌아왔을 때, 엄마는 아버지에게 머리채를 휘어 잡혀 있었다. 엄마의 몸은 피멍으로 얼룩져 있었고 옷은 갈기갈기 찢어져 있었다. 전화기며 휴지통 등 가재도구들은 찌그러지거나 부러진 채 나뒹굴고 있었고 은수의 책상 위론 책들이 다 쏟아진 채 어지럽혀 있었다. 그날 엄마는 아버지의 요구대로 이혼서류에 도장을 찍어주었다. 아버지가 새여자와 살림을 차린 지 일 년 반만의 일이었다. 그날부터 시름시름 앓기 시작한 엄마는 병원 한번 가보지 못한 채 세상을 등졌다. 세상을 너무나 빨리 알아버린 은수는 사람들로부터 멀어져 갔다. 소풍이나 수학여행에 단 한 차례도 끼어본 적이 없었다. 쉬는 시간에도 친구들과 함께 어울리지 못해 혼자서 교실 밖에 나가곤 했다. 그런 기질은 성인이 되어서도 마찬가지였다. 그녀는 어떠한 종류의 모임에도 끼지 않았다. 다른 사람에게 자진해서 말을 건네 본 적도 없었다. 사람들과 함께 있을 때면 언제나 가슴이 두근거리고 까닭없는 긴장감이 가슴에 저며왔다. 결혼 후엔 아이가 생기지 않아 오랜 세월 죄를 지은 듯이 지냈다. 그러다 남편의 죽음을 맞았고 수개월 불면의 밤을 보낸 끝에 월내의 비 내리는 낭떠러지를 찾아갔다. 그리고 그를 만났다. 그녀가 유일하게 말을 걸어본 사람, 손을 떨거나 시선을 피하지 않고도 말을 건넬 수 있는 사람.

그녀는 감은 눈을 뜨지 않은 채 가만히 아랫배를 어루만졌다. 지난날 자신이 겪어야 했던 온갖 우여곡절은 바로 이 순간을 위하여 준비된 과정이었는지도 몰랐다. 자신의 몸에선 사랑하는 이의 아이가 자라고 있었다. 그러나 그 사실을 말해도 될까 하는 대목에서 그녀는 머뭇거렸다. 두려웠다. 은수는 눈을 감은 채로 팔을 뻗었다. 그에게 안기고 싶었다. 그의 몸이 만져지지 않았다. 은수는 눈을 떴다. 정우는 저만치에 정물처럼 앉아서 마구잡이로 술을 들이키고 있었다. 음울하고 낯설게 느껴지는 모습이었다. 그에게 무슨 일이 일어난 것일까? 정우는 지금 무엇인가를 가슴에 숨기고 있었다.

"아까 하고 싶은 이야기가 있다고 했었지… 무슨 얘기…? 말해 줘."

그가 입을 열 때마다 그의 얼굴에서 술 냄새가 훅훅 끼쳐왔다. 그가 이토록 술을 마신 적은 없었다.

"아무것도 아녜요. 담에 이야기할게요. 기회가 되면."

정우는 잔뜩 취해 있었다. 온전한 정신 상태에서 그의 의중을 알고 싶었다. 지금은 그때가 아니었다.

"그래? 하여튼 집에 데려다줄게. 비가 많이 와. 가면서 이야기해도 되고."

그가 자리에서 몸을 일으키며 말했다. 말씨를 흐트러뜨리지 않으려고 애를 쓰는 기색이 역력했다.

"안돼요. 몸을 제대로 가누지도 못하잖아요. 아까 자동차 사고 난 거 못 봤어요? 제 일생에 그런 일은 두 번 다시 당하고 싶지 않아요."

은수가 그의 어깨를 슬쩍 잡아 누르자 그는 소파에 무너지듯 드러누웠다.

"은수."

"네."

"아까 사랑하느냐고 물었지? 맞아. 사랑해. 사랑한다고. 지금도 당신의 품에 빠져서 깨어나고 싶지 않아. 그런데… 그런데 말이야…."

정우는 격하게 끊어진 자신의 말을 잇지 못하고 있었다. 무엇이 그를 이토록 괴롭히고 있는 것일까? 이런 모습은 처음이었다. 잘 마시지 않던 술을 들어붓듯 하는 것도 그랬다. 어쩌면 그것은 은수 자신과 관련이 있을 것만 같았다. 자신과 그 사이에 얽혀있는 어떤 것. 그러다 은수는 흡! 하고 숨을 멈췄다. 그의 아내였다. 정우의 모습은 그의 아내를 연결짓지 않고는 이해할 수 없었다. 어쩌다 미국에 있다는 그의 아내를 깡그리 잊고 있었던 것일까? 그녀가 귀국을 하는 것일까? 두 사람의 관계를 그녀가 알게 된 것일까? 순간 온갖 생각들이 한꺼번에 뇌리에 쏟아졌다. 그를 만나면서 단 한 차례도 심각하게 그녀를 떠올리지 않는 자신의 어리석음이 수치스러웠다. 그건 그도 마찬가지였다. 짧지 않은 세월 정우와 자신 사이에 그의 아내는 존재하지 않는 인물이었다.

은수는 소파에서 일어나 애써 차분한 몸짓으로 코트를 챙겨 입었다.

"저 가요. 나오지 마세요."

정우는 고개를 소파 뒤로 젖힌 채 미동도 하지 않았다. 대신 그의 손에서 술잔이 바르르 떨리고 있었다. 그 모습은 누구라도 위로해주지 않으면 안 될 만큼 처연해 보였다.

"그때 죽지 않아서 정말 다행이라 생각했어요. 살아 있다는 게 너무 좋았어요. 정우씬 제 생명의 은인이에요."

정우의 귀에다 대고 은수는 그렇게 속삭여 주었다.

"사모님 오시면 사랑해 드리세요. 지난날은 모두 깨끗이 잊혀질 거예요."

은수는 소리가 나지 않도록 현관문을 열고 밖으로 나갔다.

숨이 막힐 듯한 어둠 속에 비가 내리고 있었다. 거세게 몰아치는 바람을 타고 빗줄기는 거의 수평으로 날고 있었다. 이파리 하나 남아있지 않은 나뭇가지들이 어둠 속에 처연한 모습으로 꺾여 있었다. 가방에 넣어 온 작은 우산은 그다지 효과가 없었지만 그래도 위안은 되었다.

은수는 빗속을 똑바로 걸어갔다. 십여 분 좁은 길을 빠져나가자 짙은 어둠을 머금은 바다가 보였다. 비가 내리고 있는, 어둠에 찬 바다가 맨 처음 정우를 만나던 순간을 떠올리게 했다. 우산을 바꿔 쥐며 차가워진 손을 코트 호주머니에 넣었다. 딱딱한 것이 손끝에 와 닿았다. 부적처럼 지니고 다니던 봉투용 칼이었다. 은수는 호주머니에서 그것을 꺼내어 감싸 쥐었다. 금속의 완강한 감촉이 온몸에 번졌다. 먼 옛날 남편과의 짧은 추억이 그것엔 희미하게나마 남아있었다. 그보다 훨씬 긴 세월 그녀를 모질게 괴롭혔던 어두운 기억들이 새겨있는 물건이었다. 은수는 그 칼과 함께 분노했으며 복수를 꿈꿨고 죽음을 떠올렸다. 손잡이에 박힌 인조 사파이어가 가로등 불빛을 받아 반짝 짙푸른 빛을 내었다. 그 빛살을 한동안 음미하던 은수는 어금니에 힘을 주고 바다 먼 곳을 향하여 힘껏 내던졌다. 가슴 속에서 무엇인가 설렁 내려앉았지만, 이제 저런 것은 필요없다고 그녀는 생각했다. 그리고 코트 호주머니 안으로 깊숙히 손을 넣어 아랫배를 가만히 만져보았다. 헤어짐 같은 것은 생각할 필요가 없는 새생명이었다.

사납게 쏟아지는 빗물로 차갑게 굳어가는 얼굴을 눈에서 솟아난 따뜻한 물이 적시기 시작했다. 천리길을 달려왔을 파도가 뭍에 닿아 싸아싸아 거친 숨을 몰아쉬고 있었다.

피란민 조시형

냉기가 온몸으로 으스스 밀려왔다. 어느새 겨울이었다. 이상난동이니 기후변화니 하는 말로 세상은 시끄러워도 계절은 언제나 때맞춰 찾아왔다. 젊어선 팔팔한 몸으로 천년만년 살아갈 듯해도 때가 되면 늙고 병들고 가야 하는 삶의 이치와 한 치 어김이 없었다.

일요일이었지만 나는 마감이 멀지 않은 소설전문지 편집 문제로 출판사 사무실에 나와 있었다. 한참 신년호로 꾸며낼 원고며 사진들을 바라보고 있는데, 휴대폰이 부르르 떨었다.

"나야. 어딨어?"

시형이었다. 그는 언제나 이런 식으로 운을 뗴었다.

"음, 일하고 있어. 사무실."

"나한테 좀 와 봐. 할 이야기가 있어."

"그래? 알았어. 우선 일 몇 개 해치우고 갈게. 한 시간쯤 시간이 걸릴지도 모르겠네. 뭐 급한 건 아니지?"

통화가 끝나자 나는 다시 자세를 바로 하고 앉아 원고들을 뒤적였다. 그런데 이상스레 글자가 눈에 들어오질 않았다. 세상이 무너져도 언제나 저 혼자 신바람이 난 듯 통통 튀던 그의 음성이 오늘따라 확연하게 풀이 죽어있었다. 나는 원고 뭉치를 책상 한 구석에 밀쳐놓고 자리에서 일어났다. 벗어놓았던 구두를 다시 신으며 창밖을 내다보았다. 차가운 11월 바람에 몇 개 남아 있지도 않은 왕벚나무 가로수 잎이 금방이라도 떨어져 나갈 듯 파르르 떨리고 있었다.

삼십 분도 채 안 되어 나는 대학병원 6층 병실 문을 밀치고 들어갔다. 세로로 초록색 줄이 죽죽 그어진 환의를 입은 그가 히죽 웃어 보이며 나를 맞았다. 목 기도관에 구멍을 뚫고 투명한 플라스틱 호스를 넣어놓았는데, 그것은 하얗고 누런 점액질로 차 있었다. 담이었다. 폐와 기도에 가득 찬 그것을 간호사가 와서 한 번씩 뽑아내 준다는 거였다.

비록 지금 온몸에 고무관을 주렁주렁 매달고는 있지만, 난 그 앞에만 서면 한없이 작아졌다. 명실공히 인기 작가 반열에 올라와 있는 그는 나로선 좀체 넘어설 수 없는 경지에 올라와 있는 사람이었다. 언젠가 한 신문사 근처 돼지국밥집에서 신춘문예 심사를 마치고 나온 그와 만난 적이 있었다.

"조 작가. 사실 말이지, 내 꿈은 소설가가 되는 것이었어. 남몰래 신춘문에 응모한 것만 한 열 번은 될 거야. 그런데 번번이 낙방이었어. 해도 해도 안 되기에… 비록 남들이 알아주지 못한다 해도, 내 맘에 드는 글이나 한 편 써보자 하고 덤볐는데… 그런데 그게 말이야… 그것도 쉽지 않더군. 그래서 소설 같은 건 까맣게 잊고자 했지. 그런데 그게 마약 같은 건가 봐. 제기랄… 난 소설이라는 것의 언저리를 떠나지 못했어. 먹고는 살아야 해서 어기적어기적 몇 군데 출판사를 기웃거렸지. 다행히 그동안 신춘 준비한다고 문장을 좀 써본 경험이 있어서 그다지 어렵지 않게 이 출판사에 들어오게 되었어. 그렇게 해서 내 직접 소설을 쓰는 대신 남들이 쓴 글을 이리저리 주무르면서 오늘까지 오게 되었지. 조시형 씨. 난 당신이 부럽수."

말을 하면서 비감에 젖어버린 나는 그득한 술을 단숨에 삼켜 버리고 나서 잔을 탕 하고 내려놓았다. 내 하는 양을 멀끔히 바라보던 그가 기다렸다는 듯 퉁명스런 목소리로 말했다.

"무슨 소리야. 내 꿈은 뭔지 알아? 남들처럼 결혼해서 나 닮은 자식 하나 낳아 보들보들한 그 뺨에 쪽하고 뽀뽀 한 번 해 보는 거, 그 갓난 놈 샛노란 똥 기저귀 갈아보고, 우유병 데워서 아이가 쪽쪽 우유 빠는 소리도 좀 들어 보고, 잠 안 자고 칭얼거리는 녀석 유모차에 태워서 동네 한 바퀴 휘돌아보는 거였어. 내 그렇게 살았으면, 건강도 이렇게 나빠지지도 않았을 거 같은 생각도 들어."

"허! 지금 조시형 작가님께서 날 위로하고자 하시는 모양인데, 장가가고 애 낳는 거 누군들 못해? 난 인생을 다시 산다면 결혼 같은 건 하지 않을 거야. 죽을 때까지 글만 쓰다 갈 거야."

"내노라하는 작가들 쥐락펴락하시는 도서출판 해명海鳴 채정호 편집장님이 아직 철이 덜 들었구먼. 글이라는 걸 천상에서 들려오는 선녀들의 하프 소리쯤으로 아시는 모양이지? 시니 소설이니 하는 것들, 삶의 고통에 겨워 내지르는 단말마 같은 거야. 평범한 삶의 우여곡절을 모르면서 인생을 안다고 말할 수는 없지. 그런 상태에서 글을 쓴다면 공허한 넋두리일 수밖에 없어. 내 생각엔 그래. 내가 글을 쓸 때마다 얼마나 아쉬웠는지 몰라. 난 당신이 부러워. 한없이 부럽다고."

그때 조시형의 말은 인생을 실패작으로 단정해 버리고 사는 내게 조금은 위로가 되었다. 서툴게 누구를 달래고 어르는 법이 없는 그의 성정을 알고 있기 때문이었다.

그가 꾸물꾸물 몸을 움직여 병상 아래서 보조 의자를 꺼내주었다. 내가 자리에 앉자 그는 기다렸다는 듯, 침대 뒤쪽 사물함에서 낡은 흑백 사진 한 장을 꺼내 보여주었다. 곰팡냄새 풀풀 날 것 같은 초가집 옆에 새카만 노인이 곰방대를 물고 있고 그 뒤로는 시커멓게 탄 민둥산이 보였다.

"여기가 어디야? 이 노인네는 누구고?"

"충청도 산골 내 고향 집. 이 노인은 울 아버지. 6·25 때 어느 미군이 찍은 사진이야."

"에이 그런 소리 말아. 사진으로 보면 구십 노인인데, 조형 부친은 이제 팔십 대잖아."

"역시 우리 채 편집장 예리한 건 알아줄 만해. 사실 이건 우리 고향 집 사진이 아니야. 이 노인도 우리 아버지 아니고. 우리 아버진 그 당시 서른 살 젊은이였어."

"그런데 이걸 왜 들고 다녀?"

"고향 집이 어떻게 생겼는지 난 몰라. 그런데 아버지에게서 귀가 따갑도록 들은 풍경이 이거하고 비슷해. 시커멓게 탄 민둥산하며 금방이라도 허물어질 것 같은 초가집. 이걸 몇 년 전 서울 갔다가 전쟁기념관에서 우연히 구했는데, 이 사진을 보고 우리 집 노인네가 손바닥을 딱 치는 거야. 이거 우리 집인데 어디서 구했느냐고. 사실대로 말을 했는데도 아버진 이 사진이 당신 살던 집 바로 그거라는 거야. 방 두 칸 초가에다가 뒤로 나지막한 산이 있고… 그때도 이것과 똑같은 곰방대로 담배를 피웠다고 우기시는데, 더 이상 말을 못 붙이겠더라고. 사실 요즘 아버지 치매기가 좀 심하시거든."

"하긴… 전쟁 통에 제대로 먹기나 했겠어? 햇볕 뒤집어쓰고 온

종일 죽어라 일만 했으니, 아무리 젊은 나이라 해도 삐쩍 마르고 새카맣게 타고 그랬지. 부친께서 이 사진 속 노인을 자기라고 착각을 할 만도 해."

"아버지 말씀도 있긴 했지만, 나도 이 사진 속 장면을 내가 한 살 때 떠나온 고향 집이라고 생각하고 있어. 어차피 오십 년 넘게 세월이 흘렀으니 어딘들 옛 모습 그대로겠어? 그저 그러려니 믿으면 그만이지."

"맞는 말이야. 번갯불에 콩 튀겨 먹는 세상이잖아. 노래에도 있잖아. 내 놀던 옛 동산에 오늘 와 다시 서니 산천 의구 어쩌고 하는 거."

"음, 그건 그렇고… 오늘 내가 채 형 좀 보자고 한 건 오래 묵혔던 옛날이야기 좀 하고 싶어서야. 당신하곤 십년지기지만 그동안 내 이야긴 한 번도 해 본 적이 없잖아. 계절 탓인가, 이제 한 해도 끝나간다 생각하니, 부쩍 누구한테 속을 탈탈 털어놓고 싶다는 생각이 드네. 그러기엔 우리 채 형이 적격 아닌가."

그는 내가 좋아하는 특별한 작가이기는 했지만, 그에 대해 개인적으로 아는 것은 별로 없었다. 나이가 같다는 이유로 동질감을 가지고 있기는 하나, 나와 그는 출판사 편집자와 작가였을 뿐, 그다지 별난 관계는 아니었다. 내가 그에 대해 알고 있는 것은 그가 충북 어디 출신이라는 사실과 그가 어떤 이유로 폐가 망가져 오랜 세월 고통을 받고 있다는 사실뿐이었다. 그래서 그의 고향 어디에 탄광이 있었나 하고 가벼운 의문을 품고 있었다.

"내가 태어난 게 1950년 충북 영동이란 데야. 지금은 많이 달라졌지만, 당시엔 다람쥐나 살까 싶은 두메산골이었지. 그런데 내 몸이 어쩌다 이렇게 되었는지 알아?"

"진폐증 아냐? 난 그렇게 알고 있는데."

"아버지 말이 내가 갓난아이 시절 엄마 젖을 못 먹고 자란 탓에 몸이 허약해서 내내 감기를 달고 살았다는 거야. 기침은 끊이질 않고 흉통을 느끼고 호흡곤란에다 발열, 오한, 뭐 그런 게 줄줄이 이어졌지. 채 형도 알다시피 그 옛날 어지간한 부자 아니면 병원 가는 건 꿈도 못 꿨잖아. 그래서 남항동 시장에서 막일하시던 아버지가 어떻게 구해 온 약재를 고아 먹고 하던 게 고작이었어. 그러다가 고등학생이 되었는데, 증세가 너무 심해졌어. 숨을 제대로 쉬지 못할 지경이었으니까. 하는 수 없이 난생처음 병원이라는 델 갔지. 그런데 거기서 이상하다면서 큰 병원 가라는 거야. 그래서 좀 큰 병원으로 갔지. 종합병원. 거기서 첨엔 늑막염 같다고 그래. 그런데 이것저것 검사를 해 보더니, 왼쪽 폐에 석회화가 심해져서 이미 기능을 상실했다는 거야. 왼쪽 폐에 부러진 뼛조각 같은 게 박혀있다면서, 그게 어떻게 된 일인지 모르겠냐고 의사가 아버지한테 물었어. 그 말을 듣고 한동안 생각에 잠겨 있던 아버지가 느닷없이 옛이야기를 풀어내는 거야."

시형은 말을 끊고 한동안 쿨럭거렸다. 숨이 차는지 물을 조금 마시고 나서, 문득 생각이 났다는 듯 침대 옆 사물함에서 사과주스 팩 하나를 꺼내어 내게 주었다.

"당신이나 나나 육이오 때 태어났잖아. 채 형도 알다시피 전쟁이 한창이던 그때 미군 폭격이 남북한 할 것 없이 무차별적으로 이루어졌거든. 접전 지역이야 두말할 것도 없고 민간인 지역도 사정을 두지 않았어. 길, 다리, 소도시, 피난민 행렬, 하물며 몇 가구 살지도 않은 산골이야 더했지. 공중에서 보면 그 아래 꾸물거리는 게 다 공산군이거나 무장 공비로 보였겠지. 미국서 초코렛 먹고 껌 씹으면서 살다 온 코쟁이들이 뭐 알아? 보이는 족족 폭탄을 떨어뜨렸지. 움직이는 것은 모두 표적이었어. 그때 쏟아부은 폭탄이 육십삼만 톤이 넘는데, 태평양 전쟁 때 보다 많은 양이라는 거야. 여기 사진…노인 뒤로 소가 한 마리 보이지? 우리 집에도 소가 한 마리 있었대. 그놈도 죽었어."

그는 또 말을 끊었다. 아무래도 긴 이야기를 하기엔 그의 건강이 충분치 않았다. 게다가 오늘따라 그의 말에는 진한 감정이 실려있었다. 가슴 속에 오래 묵혀둔 이야기를 쏟아내는 동안 그는 자주 감회어린 표정을 짓곤 했다.

"그게 늦여름이거나 초가을쯤이라 했어. 그게 언제적 일인지 아버지도 정확한 건 기억하질 못해서. 무척 더웠다는 것밖엔…."

"트라우마 때문일 거야. 끔찍한 일 겪고 난 사람들 흔히 그렇대."

"아무튼 우리 어머니가 마을 앞 개울에서 날 씻기고 있었는데 눈앞에서 폭탄이 터졌다는 거야. 깜짝 놀란 엄마가 날 안고 집으로 달려오다가 쓰러지셨대. 폭탄 파편이거나 불길에 날아온 돌멩이 뭐 그런 거에 맞은 거겠지. 아버지가 정신없이 달려와 보니까 피투성이가 된 어머닌 숨이 끊어지고, 나만 어머니 가슴팍에서 응애응애 하고 있었다는 거야. 그런데 어머니 가슴에서 날 풀어내는 일이 그리 쉽지 않았대. 어머니가 나를 너무나 힘껏 껴안고 있었던 거지. 나를 폭탄으로부터 보호하려고….."

순간 빨개진 시형의 눈동자에 물기가 차오르는 듯해서 나는 얼른 시선을 돌렸다. 그때 병실 한쪽에서 작은 소란이 일었다. 벌컥 문을 열고 뛰어 들어온 간호사가 보호자와 함께 창문 옆 환자의 침대를 밀고 나갔다. 안색이 창백하고 깡마른 노인이었는데 갑자기 무슨 문제가 생긴 것 같았다. 그 환자가 나가고 나서도 조시형은 텅 비어버린 침대 자리에서 한동안 시선을 떼지 못했다. 그러기를 오 분여, 이윽고 그가 내게로 시선을 돌려 이야기를 계속했다.

"아버지가 의사에게 그러시더라고. 그때 내 갈비뼈가 부러져서 폐를 찌른 것 같다고. 그것도 모르고 엄마 젖을 먹고 자라지 못해 몸이 허약해서 감기에 자꾸 걸리는 거라고 엉뚱하게 보약만 챙겨다 먹인 자신을 책망하셨어. 의사가 말없이 고개를 끄덕이더군. 결국 난 좌측 폐를 잘라내었어. 그런데 우측 폐조차 만신창

이였어. 참다 참다가 결국 또 반쯤 잘라냈지. 여기 이 대학병원에
서. 그런데다 여러 가지 합병증으로 오장육부 한 군데도 성한 데
가 없어. 지금도 숨을 쉬고 있다는 게 그저 감사할 따름이지.”

이렇듯 만신창이가 된 육신을 가졌으면서도 당장 세상이라도
무너뜨릴 듯한 배짱과 기개를 잃지 않던 그가 새삼스럽게 보였
다. 나는 그쯤에서 화제를 돌렸다. 건강 문제 말고도 그에게서 캐
내어야 할 이야기가 많을 것 같았다. 난 그걸 송두리째 털어가고
싶었다.

“그건 그렇고 조 작가네가 부산으로 온 건 언제쯤이야?”

“그 일 일어나고 얼마 안 되어서야. 굳이 전쟁이 아니라도 어
머니가 지은 죄 하나 없이 피를 철철 흘리며 죽어간 그 땅에 아버
지가 무슨 미련이 있었겠어? 피란민 행렬에 묻혀서 여기 영도까
지 왔지. 나야 어려서 모르는 일이지만 아버지가 고생이 많으셨
어. 1951년 1월 그 추운 날, 이제 만으로 한 살도 안 된 날 안고,
네 살배기 우리 누나는 등에 업고 여기 부산까지 걸어서 오신 거
야. 여기 와서도 나에게 젖 얻어 먹이느라 고생깨나 하셨지. 그
때 분유가 있어 뭐가 있어. 게다가 세 식구 먹고살려면 돈을 벌어
야 하는데 그게 어디 쉬워? 아버지 고생하신 건 지금도 상상이 안
가. 그나마 여기서 움막 하날 얻어 살게 된 것이 큰 다행이었지.”

그와 함께 일해 온 짧지 않은 세월에 비해 그에 대해 너무 몰랐
다는 사실에 나는 놀라지 않을 수 없었다.

"부친께서 정말 고생이 많으셨네. 조 형도 그렇지만."

"그야… 어디 우리만 그랬겠어? 전쟁 때 죽은 사람이 남북한 합쳐서 오백만이라더라. 당시 우리나라 삼천만 인구의 육분의 일에 해당하는 숫자야. 이재민이 삼십사만, 전쟁고아가 십만, 이산가족이 천만이라잖아. 그 사람들 다 마찬가지 아니었겠어?"

"조 작가는 어떻게 그걸 수치까지 속속들이 기억하고 있어?"

"내가 당했던 일인데… 내 일인데 어떻게 잊어?"

"그러고 보니 우리 조시형 작가님도 피란민이었구먼. 그걸 내가 왜 여태 몰랐지?"

나는 오랜 항해 끝에 육지를 발견한 선원처럼 떠들었다. 너무나도 당연한 사실을 이제야 깨닫게 된 나의 무심함을 꾸짖지 않을 수 없었다.

"난 행운아라고 생각해. 그때 죽을 수도 있었는데, 아직 살아있잖아. 세종대왕도 쉰둘에 돌아가셨는데, 난 아직 살아있잖아. 어머닐 잃긴 했지만 어쩌겠어. 그때 죽은 사람이 한둘이 아닌데."

그는 다시금 말을 끊고 길게 호흡을 조절했다. 단전호흡하듯 상체를 바르게 세워 몇 차례 심호흡을 하고 나서 날 바라보았다. 빠른 겨울 해가 벌써 서산을 넘어가 어느새 창밖엔 어둠이 지고 있었다.

"그건 그렇고 나한테 할 이야기가 있다면서?"

말을 멈춘 그가 이번엔 뜻밖에 오래 뜸을 들였다. 기침을 하거나 호흡을 조절하는 것도 아닌데, 침묵이 유난히 길었다. 내가 그의 침대 옆 사물함을 열어 구론산 드링크 한 병을 꺼내 다 마시고 나서도 한참이 지난 후에 시형이 무겁게 입을 열었다.

"한 시인이 있어. 채 형도 알 거야. 김은미라고…. 사십 대 중반인데 시가 좋아."

"갑자기 김 시인은 왜? 우리 출판사에서 시집을 낸 적이 있어서 내가 조금은 알지."

"그 시인에게 긴 편지를 보냈어."

"뭐라고?"

"…사… 랑한다고."

그 말을 하는 순간 그의 안면 근육이 가볍게 떨리고 있었다. 또다시 말을 잇지 못하던 그가 떠듬떠듬 입을 열었다.

"…나하고 겨… 결혼해 줄 수 없냐고."

"와, 우리 조시형 작가, 엉뚱한 데가 있네. 하긴 그러니까 그렇게 멋진 소설도 써내겠지. 지난번에 쓴 장편 말야. 그거 읽은 독자가 내게 전화를 해왔더군. 무쇠덩어리로 머리를 한 방 맞은 것같이 띵! 하더라고. 전에 내가 이야기 안 해 주었던가? 그런 말 하는 사람이 하나둘이 아냐. 지랄맞을 IMF만 아니었다면 많이 팔렸을 거야. 그래, 답장은 왔어?"

그는 조용히 고개를 가로저었다. 그의 낯빛이 한결 어두워졌다.

"내가 주제넘은 짓을 한 거지. 나이 오십이 넘도록 돈 한 푼 벌어놓은 거 없고, 병원 신세를 지지 않으면 한시도 목숨을 유지할 수도 없는 놈이 어느 날 갑자기 사랑을 고백하고 청혼을 하다니, 소가 웃을 일 아닌가."

시형은 기어이 시선을 떨궜다. 지그시 내리깐 눈썹 사이로 굵은 눈방울이 조금씩 흘러내리기 시작했다. 그리고 그것은 길게 이어졌다. 내가 그를 만나온 십 년 세월 동안 이런 모습은 처음이었다. 허풍선이처럼 언제나 자신감에 차 있고 어떤 경우에도 희망을 놓지 않던 그였다. 전신마취로 이어지는 대수술을 하러 수술실로 들어가면서도 마치 '이따 봐!' 하는 듯 싱긋 웃어 보이던 그였다. 나는 뜻밖의 눈물을 줄줄 흘리고 있는 그에게 무언가 말을 건네야 한다고 생각은 했으나, 무슨 말을 어떻게 건네야 할지 막막해서 입을 열지 못하고 있었다. 우리들의 어색한 침묵은 그다지 오래가지 않았다. 그가 한 손으로 쓰윽 얼굴을 씻어내더니 한층 굵어진 목소리로 말했다.

"나 내일 영동 가."

"엉? 이건 또 무슨 소리야, 갑자기. 영동이면 고향으로 간다는 소린데, 큰 병 앓고 있는 사람이 촌구석에는 왜 가? 시골보담은 도시가 낫지 않나? 큰 병원도 있고."

"여기선 더 이상 해 줄 게 없어. 이 병원에선 이미 최고의 단계로 나를 치료해왔어. 더 이상 먹히는 항생제도 없대. 퇴원 수속하는데 의사가 신신당부를 하더군. 가장 위험한 것이 감기이니까, 감기 조심하라고."

갓난아이로부터 노인에 이르기까지 제일 많이 걸리는 게 감기였다. 춥든 덥든, 원인을 가릴 수도 없는 게 그것이어서, 인간은 감기와 함께 감기 속에 파묻혀 살아간다고 할 수도 있었다. 그러니까 의사의 말은 일종의 최후통첩 같은 것이었다.

"그런데 영동에 가면, 누가 있어?"

고개를 말없이 가로젓던 그가 힘겹게 입을 열었다.

"없어. 전쟁 통에 사방팔방 뿔뿔이 흩어졌지, 뭐."

"그런데 왜 가?"

"고향이잖아. 그 노래 몰라? 나의 살던 고향은 꽃 피는 산골…. 월남전 갔다 온 친구 얘기가 거기서 군인들이 제일 많이 부르는 노래가 그거래. 수시로 생과 사가 오가는 판국이니 오죽 맘이 두렵겠어? 그런데 그 노래를 부르면 눈물이 죽죽 흐르면서도 힘이 난다고…. 그 말이 맞는 것 같아."

나는 입을 꽉 다문 채 그의 얼굴만 바라보았다. 그에게 무슨 이야기를 해 주고 싶었으나 아까처럼 무슨 말을 할 수 있을지 답답하기만 했다. 아니 할 말을 잃었다는 게 정확한 표현이었다.

"김은미 시인 때문에 가는 건 아니고?"

"뭐, 전혀 안 그렇다고 부인할 수는 없겠지. …어쨌든 고향으로 돌아가자 결론을 내리니 마음이 편해지더군. 그래서 채 편집장을 보자고 했어. 내가 연재하는 칼럼 문제도 있고….”

50여 년 전에 떠난 고향으로 돌아간다는 조시형의 말은 내게 귀소본능이라는 단어를 떠올리게 했다. 어떤 동물들은 죽을 때 태어난 곳으로 돌아간다는 이야기를 들은 적이 있었다. 간혹 코끼리가 그렇고, 바다에서 살던 연어가 번식기가 되면 자신이 태어난 강을 거슬러 올라가 알을 낳고 생을 마친다고 했다. 여우는 죽을 때 자기가 태어난 굴이 있는 언덕 쪽으로 머리를 둔다고 했던가. 나는 끊임없이 이어지려는 온갖 생각들을 거기서 끊어 버렸다. 그리고 병상의 철제 난간을 쥐고 있는 그의 손을 탁! 잡으며 말했다.

“하긴 그것도 좋은 생각이야. 조 형! 먼지 많고 시끄럽고 복잡한 도시를 떠나 한적한 고향엘 가서 맑은 공기 마시고 탁 트인 하늘 보면서 살다 보면 나아지겠지. 왜 텔레비전에서 자연 치료라는 말 자주 나오잖아? 암 말기 환자가 숲속에서 자연과 더불어 몇 년을 살았더니 암이 씻은 듯이 나았다는 이야기. 우리 잡지 칼럼 같은 건 신경 쓰지 말어. 가서 쉬다가 생각나면 한 편씩 써 보내 주면 돼.”

항상 무엇에 쫓기는 듯 부정적인 말만 일삼아 오던 내게서 나온 희망찬 메시지에, 그는 씩 웃어 보일 뿐 별다른 대답은 하지 않았다.

병원 문을 나서는 내 발길이 돌덩이를 매단 듯 무거웠다. 느닷
없이 사람을 불러 자신의 일생 이야기를 파노라마 펼치듯 늘어놓
은 그가 수상했다. 어렸을 적 겪었던 일이 생각났다. 초등학교 일
학년 땐가, 그건 분명치 않았다. 일찍 학교를 마친 나는 동네 형
들을 따라 개울로 갔다. 뜨거웠던 여름날 오후였다. 첨벙첨벙 뛰
어드는 형들의 뒤를 따라 나도 물속으로 들어갔다. 그렇게 얼마
간 온몸에 감겨드는 물줄기의 시원함을 즐겼다. 그러던 어느 순
간 나는 깜짝 놀라지 않을 수 없었다. 발이 땅에 닿질 않는 것이
었다. 아무리 발버둥을 쳐도 마찬가지였다. 시야를 채우는 것은
시퍼런 물과 내가 뿜어낸 거품뿐이었다. 숨을 쉴 수가 없었다.
그때 어떤 절박한 느낌이 다가왔는데, 그건 이러다 내가 죽는구
나 하는 자각이었다. 그리고 내 살아온, 짧은 인생의 온갖 장면들
이 활동사진처럼 펼쳐졌다. 신기하게도 그 영상들엔 크고 작은
내 인생사가 빠짐없이 담겨 있었다. 물에 빠져 허우적대는 내 모
습을 발견한 동네 형이 내 팔뚝을 우왁스레 잡아끌고 나가는 바
람에 살기는 했지만, 밤 열차의 불 켜진 차창같이 길게 스치던 그
환상은 끝내 잊히지 않았다. 아니 그 기억은 너무나 또렷해서 중
늙은이가 된 지금도 바로 엊그제 일처럼 되살아나곤 했다.

오십이 넘도록 아무 일 없이 살아오던 그가 갑자기 청혼했다
는 사실도 그냥 웃어넘길 일은 아니었다. 그가 부지불식간에 죽
음을 예감하고 있다는 증거였다. 52년 전 네이팜탄의 불길 속에

사라진 어머니를 대신할 따스한 여인의 품. 치유할 수 없는 병으로 인한 절망과 시시각각 또렷한 모습으로 다가오는 죽음의 공포를 견뎌내기에 그것만 한 것이 있을까.

나도 김은미 시인을 알고 있었다. 앞머리를 가지런히 빗어 내리고 뒷머리는 한데로 몰아 묶은 헤어 스타일이 나이답지 않게 청순한 느낌을 주던 여인이었다. 어쩌면 기가 막히고 불쾌했을지도 모를 그녀가 편지만 돌려보내었을 뿐 어떤 말도 덧붙이지 않은 것으로 보아, 꽤 속 깊은 사람이로구나 하는 생각이 들었다. 그런데 조시형 그가 줄줄이 흘러내린 눈물의 의미는 무엇이었을까? 가톨릭 신자인 그는 자주 강단 있는 목소리로 확신에 찬 언변을 늘어놓곤 했는데, 그때마다 소리가 왕왕 울리는 천장 높은 성당에서 신부의 강론을 듣고 있는 듯한 느낌이 들곤 했었다. 그런 사람이 그토록 굵은 눈물을 흘러내며 흐느끼리라는 건 상상할 수조차 없던 일이었다. 나와 같은 세월을 살아왔지만, 그는 인생의 밑바닥에서 하늘의 일에 이르기까지 이미 통찰해 버린 인간이었다.

조시형이 고향으로 떠난 지 석 달이 지났다. 해를 넘긴 세월은 어느새 2월의 문턱을 넘어서고 있었다. 그의 소식은 간간이 듣고 있었다. 별 탈 없이 잘 지내고 있었다. 이제 머지않아 3월이고 봄이 오겠지. 날이 좀 풀리면 시형을 그의 고향 영동으로 찾아가 봐야겠다고 나는 마음을 먹고 있었다. 그때쯤이면 50여 년 전 불바다를 이루었던 영동에도 꽃이 피어있지 않을까. 6·25를 이야기하면서 관련된 수치를 꼬박꼬박 기억해 내던 조시형의 모습이 잠시도 머리를 떠나지 않았다. 그때 그가 늘어놓던 숫자 하나하나가 내 가슴을 콕콕 찔러대었다. 그와 같은 시대를 살아왔지만, 나에게 6·25란 역사 속 하나의 사건일 뿐 별다른 의미를 가지지 못했다. 더군다나 수치 같은 것은 나와는 전혀 상관이 없는 것이었다.

　―일부 남부지방을 제외한 전국에 미증유의 폭설이 내리고 있습니다. 산간 마을은 외부와 연결이 끊겼고 고속도로에는 갑자기 쏟아진 눈에 갇혀 차들이 오도 가도 못하고 있습니다. 이번 폭설은 북극의 찬 공기가 강하게 남하하여 생성된 해기차 구름대가 서해상에서 유입되었기 때문입니다. 사흘 전부터 경기 남부와 전라도, 충청도, 경상북도, 강원도 산악지역에 우박과 진눈깨비가 섞여 내리다가, 밤이 되면서 기온이 영하권으로 떨어져 본격적으로 많은 눈이 내리는 것입니다. 기상청에서는 오늘 오후 6시 30분을 기해, 경기도 의왕, 용인, 충청북도 옥천, 영동, 경상북도 상주에 발표된 대설주의보를 대설경보로 격상하였습니다. 의왕, 용인, 상주에는 8일까지 3에서 10센티미터, 많은 곳은….
　집으로 싸 들고 온 편집원고들을 한참 살피고 있던 나는 정신

사나운 소리만 쏟아내고 있는 텔레비전을 꺼버렸다. 이상기후라는 말이 맞긴 맞는 모양이었다. 하루 이틀도 아니고 벌써 한 달 가까이 같은 뉴스가 반복되고 있었다. 그러다 폭설 상황을 알리는 뉴스 가운데에서 영동이라는 소리를 들었다는 사실을 뒤늦게 깨닫고는 어! 하는 소리와 함께 다시금 스위치를 켰다. 그러나 기상 방송은 끝나고 어느새 광고로 넘어가 있었다. 아이스크림 광고였다. 이 겨울 난리 통에 무슨 아이스크림 광고야! 난 짜증을 내며 도로 텔레비전을 껐다. 거의 동시에 휴대전화가 바르르 떨렸다. 모르는 번호에서 온 문자 메시지였다.

—〈訃告〉故 조시형 님께서 2월 6일 별세하셨기에 알려드립니다….

순간 호흡이 딱 끊기고 말았다. 부고의 다음 글자를 확인할 겨를도 없이, 나는 휴대폰에 찍힌 번호로 전화를 걸었다. 시형의 하나뿐인 누님이었다.

"…그른디 그기… 한 보름이나 되았는가… 우리 영동 친정집 옆에 팔순 할머니 할아부지가 아들네하고 살고 있는디유, 한번은 그 집 아들하고 영감님이 우리 아부지를 찾아와서 외장을 치고 세간살이 뿌시고 난리를 쳤어유. 보통 때도 울 아부지가 그 집 할머니를 육이오 때 죽은 우리 엄마로 헛갈리곤 했는디, 눈이 이르케 쏟아지는디 어딜 댕겨오냐고 고래고래 악을 쓰면서 떠메는 바람에 그 할머니가 쓰러졌는디, 엉치뼈가 부서져버린 거여유. 울

아부지 망령이 부쩍 심해지셨거덩유. 그리서 아부지를 당장 병원에 입원을 시켜야겠는디, 눈길이 맥혀서 차가 오지를 않으니, 우리 시형이가 아부질 업고 나갔던 거여유. 지는 대전에 살고 우리 집엔 아부지하고 동상밖에 없거덩유. 그런디 그 춥고… 시상에… 눈바람이 살가죽 뻿겨갈 듯이 불어대는디, 한 시간이나 실갱이를 해서 간신히 아부질 입원을 시키기는 했는디, 우리 동상이 덜렁 감기에 걸려버린 거여유. 우리 동상은 감기 걸리면 끝장이어유. 평생 골골해서 더 이상 쓸 약도 없어유. 지 죽을 줄 모르고, 우리 시형이가 왜 그랬는지 도무지 알 수가 없어유. 그렇잖아도 몸 약해서 평생 고생 고생하면서 살았는디… 아이구, 불쌍혀라, 내 동상. 아이구, 불쌍한 우리 시형이. 이를 어쩜 좋아유….”

전화는 누나의 피를 토하는 듯한 통곡으로 끝나고 말았다. 정신이 없어진 나는 옷도 제대로 차려입지도 못한 채, 밖으로 튀어나왔다. 아내가 눈을 동그랗게 뜬 채 무슨 일이냐고 물었지만, 조시형 그가 죽었다는 말은 차마 문장으로 조합되어 나오질 못했다.

주차장에 내려와 차에 시동을 걸어두고 나는 한동안 꼼짝을 할 수가 없었다. 감기에 걸리면 안 된다고 기온이 영상 10도만 되면 두꺼운 겨울 내의를 껴입고, 체온이 떨어지면 안 된다고 잠을 자면서도 양말조차 벗지 않던 그가, 어쩌자고 영하의 추위 속에

눈보라가 모질게도 쏟아지던 날, 제 몸무게보다도 무거운 아버지를 업고 한 시간이나 헤매고 다녔을까? 갓난아이 시절 숨이 끊어진 엄마의 품에서 꺼내어 오늘에 이르기까지 자신을 보살펴 준 아버지를 생각하면 그럴 수도 있었겠다는 생각도 없진 않았지만, 나로선 도무지 이해할 수도 납득할 수도 없는 일이었다.

필터까지 타오른 담배를 부벼끈 나는 자세를 바로 하고 안전벨트를 매었다. 이제 한 살배기 그가 아버지의 등에 업혀 내려왔던 피란길을 거슬러 올라가, 밤새도록 휘몰아친 비바람에도 담벼락에 또렷이 붙어있던 마지막 잎새처럼 전쟁이 남긴 광풍을 52년간이나 버텨내었던 그를 만날 참이었다. '그래도 난 행운아라고 생각해.' 그렇게 말을 하던 시형의 걸걸한 목소리가 귀청을 왕왕 울렸다.

나는 숨을 한차례 몰아쉬고 눈을 부릅뜬 채 액셀러레이터를 밟아 눌렀다. 어룽어룽 흐려진 시야로 어둠이 가득 밀려오고 있었다.

해설

삶과 죽음의 경계에서 만나는 인간의 길

—김헌일 소설집『인조 사파이어 푸른 빛』

김성달(소설가·문학평론가)

1.

　몇 년 전에 김헌일 작가의 소설집 『하이, 빌』을 읽는 기억이 새롭다. 표제작인 「하이, 빌」을 비롯해 「깍두기 담는 남자」 「폭우」 「아들의 십자가」 「마지막 하이킹」 등 단편 8편과 중편 1편을 수록하고 있었는데 그 소재와 주제가 대부분 위기 속 인간의 삶을 탐구하는 것이었다. 후쿠시마 대지진, 정리해고, IMF 외환위기, 1980년 5·18 광주, 알래스카 등과 같은 극한상황이었다.

　신작 소설집 『인조 사파이어 푸른 빛』에는 전쟁의 극한상황(「노을이 지다」·「스콜」), 비행기 사고(「수 시티를 향하여」), 병으로 죽음을 앞둔 상황(「우박이 내리던 날」·「피란민 조시형」), 자살 공모(「소풍 가는 길」), 은장도(「인조 사파이어 푸른 빛」)와 같이 삶과 죽음의 경계에 선 인물들의 시간과 공간이 끊임없이 변화하는 심층의 용광로로 표현되고 있다. 그들은 자신 속에 내재 된 궁지의 체험과 그 자장의 경험을 넘어서는 백척간두의 현장에서 혼신의 사투를 벌인다. 그러면서 가혹한 현실의 무게에 압살당하지 않기 위한 인간 행위의 정당화는 과연 무엇인가를 묻기도 한다.

　김헌일 작가의 소설 인물들은 사유의 기계적 형상화에서 해방된 저나름의 부피와 무게와 질감을 지닌 채 우리 사회의 각박한 세태와 아픈 단면을 리얼하게 보여주고 있다. 그래서 인물들의 속내는 우리가 이미 보았거나 알고 있던 광경들이 깨어지고 속살을 드러내는 파경으로 가득하다. 파경의 모습은 작가의 경험적 실체와 방법적 사색의 해석으로 창조된 세계이다. 그 속에서 나타나는 언어는 삶의 자각으로 부풀어 오르면서도 또 그만큼 내밀하게 응축되어있다. 그래서 '삶'과 '죽음'의 반대 방향으로 뻗어나갈 수밖에 없는 힘들이 팽팽히 맞서며 감추어졌거나 무시되었던 어떤 부당함을 강력히 환기시키는 촉매제 역할을 한다. 삶과 죽음의 현실이 나의 몸이고 나의 앎이며 나의 인식이라는 것을 깨닫고 지각하는 방식을 통해 구분이 명확하지 않은 우리 사회의 선의와 악의를 객관적인 시선에서 그려내려고 노력하는 것이 김헌일 작가의 소설 요체이기도 하다.

소설집 『인조 사파이어 푸른 빛』은 삶과 죽음의 경계 그 심층에서 벌어지는 역설과 은유이며, 인간의 삶에 혼재해있는 이질적인 요소들의 집합체이다. 그 요소들이 하나의 공간에서 함께 숨 쉬면서 그 자체만으로도 인물들을 살아있게 만든다. 작가는 초월적이면서도 육화가 느껴지는 인물들을 통해 소용돌이치는 의식 또는 잠재의식으로 발현되어, 말할 수 없지만, 정신은 사위지 않는 '인간의 길'을 선연하게 보여준다. 인간의 길은 결국 사람답게 사는 선택이다. 그렇기에 인물들은 모두 선택 앞에 서 있을 수밖에 없다. 그 앞에 선 그들은 고통을 피해갈 수 없지만, 그 고통을 견디는 법을 배우고 누군가에게 상처를 덜 주고, 더 사랑하는 길을 찾는다. 그러면서 더 인간다워지기 위해 조금씩 더 깊어지고,

더 따뜻해지고, 더 단단해지고, 더 자신에게 솔직해지면서, 나라
는 하나의 이야기를 완성해가는 것이 인간의 길이라는 것을 간절
히 깨닫고 있는 것이다.

2.

「노을이 지다」는 베트남 전쟁을 배경으로 월남전에 참전한 군
인들의 사연을 그리고 있다. 권총을 허리에 차고 부하들을 잡도
리하는 사관학교 출신 중대장과 그에 따르지 못하는 소위 고문관
이라 불리는 무리 가운데 한 사람인 황병태 상병의 갈등이 미묘
한 파장으로 전달된다. 황병태는 죽음의 계곡까지도 자신을 따라
들어갈 수 있는 용사는 손을 들어보라는 중대장의 명령에도 끝까
지 손을 들지 않아 경계작전에서 제외되었고 벙커 보수, 변소 치
우기 등 온갖 궂은일을 도맡는다.

중대장에게 황 상병은 군인 같지 않은 군인, 사내답지 않은
사내, 아니 인간 같지 않은 인간의 전형이 되었다. 어쩌다 좀
약삭빠르지 못하다 싶은 신병이 오면, 중대장은 병태 같은 놈
또 하나 생겼다고 투덜대었다. 지난달엔 사단 검열에서 예상
밖의 혹평을 듣게 되자 중대원을 완전군장으로 집합시켜 놓
은 자리에서 이놈의 부대엔 모두 황병태 같은 놈들밖에 없느

냐고 아예 노골적으로 떠들어 댄 적도 있었다. 지역 사령관인 중대장이 그러하니 자연 소대장, 분대장들도 그랬다. 그리고 급기야는 졸병들 사이에서까지 우습거나 어처구니없거나 부족하거나 불만인 상황에다 병태의 이름을 빗대어 말하는 경우가 허다하게 되었다. 야, 이 병태 같은 놈아. 그말은 우리가 그곳에서 들을 수 있는 최악의 말이었다.(「노을이 지다」 중에서)

하지만 황병태는 조금도 동요하지 않는다. 월남에 와 있는 병사들 눈빛은 대개 짐승의 눈과 흡사하다. 전장이라는 절박한 삶의 현장이 빚어낸 결과이지만, 황 상병의 눈빛은 다르다. 평범하기 짝이 없는 눈빛을 가지고 있어 동료들을 질리게 하고 자신들과는 전혀 다른 세계에 있는 것 같은 기분을 느끼게 한다. 이런 부대 내의 상황을 지켜보며 나는 뭐라 형언할 수 없는 느낌에 가슴이 스산해지고, 황병태에 대한 동정심 같은 것이 스며든 듯도 하고, 언제고 나도 그들처럼 될 수 있다는 자각 등으로 심란한 날을 보낸다. 갑자기 예고도 없이 적의 박격포탄이 아군 진지로 날아든다. 연병장을 단숨에 삼켜버린 암회색 연기가 흩어지면서 고꾸라진 수많은 병사의 모습이 드러난다. 그 광경을 보고 참지 못해 달려나가려는 내 허리를 붙들고 "가만히 엎드려 있어"라고 소리친 것은 황병태 상병이다. 조금 전까지 중대장으로부터 온갖 수모를 당하던 황병태는 연방 포탄이 날아와 터지는데도 참호 위로 철모를 쓴 머리를 비죽 내밀어 연병장을 살핀다. 그사이 또 포탄이 날아와 1소대 벙커 앞에서 터진다. 연병장을 살피던 황병태가 움직이는 것은 모두 죽었다면서 목소리를 높인다.

"우린 그저 잘 훈련된 개였어. 휘파람 소리가 나면 무조건 뛰어나갈 수 있도록 훈련된 개. 상대가 곰이건 콘크리트 벽이건, 그저 무조건 달려가 머리를 처박고 죽는 것을 전부로 아는 개. 사람이었다면 뛰어가기 전에 생각했을 거야. 뛰어나가는 것과 주저앉는 것, 어느 것이 현명한 것인가를 말야. 그러나 개는 생각할 필요가 없지. 생각 같은 건 인간에게 맡겼으니까. 공격. 공격. 포탄이 날아와 터지자 그들은 공격만을 생각했어. 그래서 옷을 입으러 달려갔지. 적어도 조금 전까지 복장은 모든 일의 우선이었으니까. 사느냐 죽느냐 하는 순간에 옷을 생각하게 되다니⋯."(「노을이 지다」 중에서)

고문관 황병태의 말은 힘이 있고 논리정연했다. 나는 황병태의 새로운 모습을 보는 것 같았다. 고립무원의 이 순간, 나는 카랑카랑한 중대장의 음성을 기다린다. 그를 좋아하지는 않지만 그의 명령이면 용기백배하여 임무를 수행할 수 있을 것 같다. 하지만 무전기에서 들려오는 소리는 너무나 엉뚱하다. "포쏴포쏴포쏴포쏴⋯" "못쏩니다. 어딜 쏴야 하는지도 모르고 어떻게 쏘란 말입니까." 중대장과 박격포 소대장이 서로 다른 음색으로 주고받는 말이다. 중대장의 음성은 많이 떨리고 있다. 그사이 포가 날아오는 지점을 찾아낸 황병태가 위치를 무전병에게 알린다. 대대에서 사정거리 밖이라 중대에서 어떻게든 반격을 시도하라는 지시가 떨어졌지만, 누구도 연병장에 나갈 엄두를 내지 못한다. 그때 눈빛이 달라진 황병태가 박격포 진지 안으로 잽싸게 뛰어가더니 기민하게 포를 조작해 적을 향해 포탄을 날리기 시작한다. 얼마쯤 지났을까? 공습 해제를 알리는 병사들의 함성이 들려온다. 재빨리 몸을 일으킨 나는 황병태가 있는 곳을 찾아보지만 보이지 않는다. 연병장에는 중대장이 상아 박힌 권총을 거들먹거리며 부하들에게 "고문관 같은 자식들"이라며 날뛰었다. 나는 박격포 진지에서 십미터 쯤 떨어진 곳에서 황병태 이름이 적힌 철모를 발견했는데, 핏물이 시뻘겋게 엉켜 있었다.

　이 작품에서 작가는 중대장을 통해서는 권위의 허울을 뒤집어쓴 권력의 속성을, 나를 비롯한 부대원들을 통해서는 집단 무의식을, 황병태를 통해서는 어리석어 보이지만 누구도 침범할 수 없는 시간을 초월한 인간의 보편성을 보여준다. 이러한 특성들은 소위 전형성과는 사뭇 다른 인물 미학으로 나타난다. 그것은 삶과 죽음의 경계가 가장 뚜렷한 전쟁터에서 몸을 지닌 인간의 한계를 절감하면서도, 몸을 단순화하거나 왜곡하지 않고 있는 그대로 그려내는 작가의 값진 인식에 기반한 것이다. 그 인식은 베트남 전쟁 참전의 개인사적인 의의를 들여다보면서도 이 전쟁의 양상은 무엇이며 무엇을, 누구를 위해서 싸우고 있는지에 대한 이해와 각성을 촉구하면서 자신이 처한 현실을 새롭게 받아들이도록 만든다.

「스콜」 역시 베트남 전쟁터에서 일어난 이야기이다. 스콜이 쏟아지던 날 한창수 상병은 분대장의 명령으로 박길용 병장이 서 있던 망루로 올라가 보초를 서게 된다. 쏟아지는 빗줄기 속에서 전방을 응시하던 한창수 눈에 언뜻 검정색 차림의 사내 움직임이 보이고, 그 뒤로는 검정색 소 한 마리가 느릿느릿 따른다. 긴장해 소총을 치켜든 한창수는 사내의 몸놀림이 어설픈 것이 작고 마른 체격의 어린아이 같아 보인다. 무전으로 정글에서 소를 끌고 있는 사내가 보이는데 무장은 안 한 것 같다고 보고한 그는 한층 더 신경을 써서 전방을 살핀다. 그때 어디선가 불쑥 나타난 중대장이 베트콩이 나타났는데 당장 저격하라고 소리를 지른다. 베트콩이 아니라 양민 같다는 한창수의 말에도 아랑곳없이 중대장은 안 쏘면 명령 불복종으로 대갈통을 박살 내고 영창에 쳐넣겠다며 불같이 화를 낸다.

중대장의 권총은 창수를 향해 치켜세워졌다. 그의 눈에서 쏟아져 나오는 불길로 보아 금방이라도 총을 쏠 기세였다. 난감했다. 난감했지만 어쩔 수 없는 노릇이었다. 창수는 거총 자세를 취하고 그쪽을 겨냥했다. 퍼부어 내리는 빗물이 시야를 가리는 바람에 표적을 조준선 위에 얹어놓을 수가 없었다. 물의 장막은 표적은 물론 언덕 개활지, 나무, 산야의 모습을 얼룩얼룩 뭉개 놓았다. 빗줄기 사이에서 표적의 모습이 설핏 드러나자 창수는 눈을 부릅뜨고 어금니에 힘을 주었다. 그러나 어떤 힘이 방아쇠를 감아쥔 손가락에서 힘을 빼앗아 가 버렸다. 상대는 베트콩이 아닐 수 있었다. 정글 안 어느 곳으로 소를 먹이러 갔다가 갑자기 퍼부어 내리는 빗줄기에 서둘러 돌아가는 농부일 수도 있었다. 또한 어른이 아니라 어린아이일 수도 있다는 사실이 시퍼렇게 되살아났다. 창수가 망설이는 사이 중대장의 성난 목소리가 날카롭게 올라왔다.(「스콜」중에서)

중대장의 명령을 거부하지 못한 한창수는 방아쇠를 당겼고, M16 소총 탄창 안에 잠겨있던 19발의 총탄이 순식간에 허공을 날았다. 빗줄기가 가늘어졌다 싶더니 멀리서 천둥소리가 한차례 울리고 구름이 빠르게 흩어지기 시작한다. 분대에서는 한창수 상병이 베트콩을 잡았으니 훈장 받고 휴가 가겠다고 하지만, 한창수는 총을 맞은 그가 누구든 살아있기만을 간절히 바란다. 어스름 저녁 무렵 딘풍마을 주민들이 중대 정문 앞으로 모여들어 울부짖기 시작하더니, 한 아낙은 갓난아기를 부둥켜안고 소리 내어 운다. 몸을 감추고 그 광경을 지켜보던 한창수는 불현듯 하필 그 때 정글에서 기어 나온 그 사내가, 갑자기 근무를 바꾸라고 한 분대장이, 자신의 우의까지 뒤집어쓰고 망루에서 내려간 박 병장이, 총을 쏘라고 악을 쓴 중대장의 모습이 번갈아 스치며 욕지거리를 퍼붓는다. 하지만 분노와 증오로 뱉어낸 그 욕설은 바로 자신을 향하고 있다는 것을 깨달으며 탈영을 생각한다. 마을 주민들은 결국 씨레이션 열 박스와 쌀 한 포대를 받고 돌아갔다. 한창수는 씨레이션 열 박스와 쌀 한 포대, 그리고 한 사람의 목숨이 아프게 가슴으로 파고든다. 소 몰던 사내가 열세 살 어린아이라는 사실에 가슴 밑바닥에서 맴돌던 '살인'이라는 단어가 불쑥 머리를 치민다. 그때 "비상, 1,2,3 소대 연병장에 집합. 단독 군장이다. 비상, 비상!"하는 고함소리가 들렸고, 한창수는 이번 작전에 나가면 돌아오지 말자는 생각이 자꾸 든다. 그래야 공평할 것 같다.

이 소설이 한창수 상병의 행위에 대한 개인적 죄의식 차원에 머무르면 확장성이 많이 축소될 것이다. 하지만 개인의 죄의식이 아니라 군대가 상징하는 '우리'에 대한 근본적인 회의로 확대되고 있다. '우리'는 중층적인 의미라는 것을 고려할 때 여기서 일차적으로 부대 구성원을 가리키며, 구성원인 '우리'는 한창수 상병의 정체성에 심각한 충격을 던진다. 우리들의 내면화된 허위의식을 각성할 때 비로소 현장의 지배 논리와 대면할 여지가 생기는 것이고, 작가는 적어도 그것을 '공평'으로 정의하고 있다. 「노을이 지다」와 「스콜」은 군대라는 특수 집단이 개인을 구속하는 억압적인 힘으로 서술된다. 「노을이 지다」의 중대장과 고문관 황병태의 대립, 「스콜」의 중대장과 한창수 상병 그리고 부대원 간의 대립은 위선에 대한 인간 본성을 가감 없이 보여준다. 중대장들의 생각은 내가 살기 위해 적을 죽여야 한다는 전쟁의 논리 그 자체였고, 황병태와 한창수는 전쟁이라는 이름으로 횡행하는 폭력성을 극복하는 가능성을 보여주면서, 전쟁에서 인간의 길은 무엇인지를 뼈아프게 돌아보게 만든다.

「수 시티를 향하여」는 비행기 사고의 위기에 처한 조종사들의 실화를 바탕으로 한 긴장감 넘치는 소설이다. 탑승자 296명을 태우고 덴버에서 필라델피아로 향하던 웨스턴스카이 항공 249편이 덴버를 떠난 지 67분이 지났을 때였다. 갑자기 굉음과 함께 기체가 내려앉으며 무서운 기세로 비행기가 흔들리기 시작한다. 비행 경력 3만 시간의 기장 파커는 관제소에 비상선언을 알리면서 11살 손녀 니나를 떠올린다. 교통사고로 부모를 모두 잃고 홀로 남은 그 애를 위해서도 반드시 이 위기에서 벗어나야 한다. 가장 가까운 공항이 있는 수 시티 착륙을 허가받은 파커는 승객을 살려야 한다는 생각에 혼신을 다하지만, 엔진 유압이 모두 손실되는 상황에서 누구도 해보지 못한 방법으로 비행을 조종해야 하는 기막힌 현실이다.

"헤이, 테리. 맥. 무슨 좋은 아이디어 있어? 흐흐."

파커는 일부러 개구쟁이처럼 얄궂은 미소를 지어 올렸다. 비행기가 엉망으로 부서져 버린 지금 절대로 놓치면 안 되는 것이 있었다. 희망이었다. 없는 희망이라도 억지로 만들어내야 했다. 파커의 뜻 없는 미소는 맥과 테리의 얼굴에도 희미하게 번져갔다. 비행기는 연해 몸부림을 쳤다. 그러다가 한순간 쿵쾅하는 소리와 함께 쑥 내려앉았다. 이러다 곳곳의 볼트, 너트가 풀려 조각조각 분해될 것만 같았다.(「수 시티를 향하여」 중에서)

파커는 수 시티 공항에 비상착륙 할 것이라고 지시한 후 지상으로 시선을 던진다. 지난 30년 동안 조종사를 하면서 하늘에서 본 것은 무엇이든 아름다웠지만 지금, 정작 아름다운 것은 지상에 있다는 것을 깨닫는다. 그는 296명 탑승자 숫자를 떠올리며 수 시티 공항 12시 방향 36마일 지점에서 비행기를 원형으로 선회시키면서 조금씩 하강을 시도한다. 이름조차 들어본 적이 없는 수 시티가 이젠 지상낙원처럼 느껴진 파커는 기창 아래 초록색으로 드넓게 펼쳐진 벌판을 한동안 바라본다. 단단한 땅 위에 두 발을 딛고 있는 것이 얼마나 큰 축복인가 싶다. 수 시티 게이트웨이 공항에 비상 착륙할 것이라는 기내 방송을 마친 파커는 한층 단단해진 목소리로 테리와 맥을 향해 말한다. "인간은 패배하도록 창조된 게 아니다. 헤밍웨이가 한 말이야. 그 말이 지금 내게 큰 용기를 주네. 당신들은 죽지 않을 것이다. 헤밍웨이 선생이 그렇게 말하고 있는 거야. 하하하. 좋아. 이 미친놈을 좀 내려봅시다.”
레버를 힘껏 잡아 내린 파커는 조종실 계기판을 마치 보채는 아이 달래듯 쓰다듬으며 웃음을 터트린다. 가장 위험하거나 긴장된 순간에 이런 식으로 웃기를 잘하는 그였다. 활주로가 가까워지자 천장에서 고도경고음이 쏟아지기 시작한다. ‘…500, 400, 300… 그 소리는 시시각각으로 빨라진다. 어느 순간, 활주로에 바퀴가 닿은 충격이 수만 볼트의 강한 전류처럼 온몸을 휘감았고, 파커는 의식을 잃는다. 병상에서 눈을 뜬 파커는 비행기가 착륙 순간 반으로 부러져 112명의 사상자가 생겼다는 조사관의 말에 살아 있는 게 부끄럽다. 하지만 조사관은 파커 기장이 목숨을 구한 사람이 184명이나 된다고, 병원 앞에서 그가 깨어나길 기다리는 사람들이 수백 명은 될 것이라고 하면서, 11살 니나 양이 보스톤에서 이곳으로 오고 있다고 한다.

이 소설은 재난 상황의 조종실 묘사의 초점화에 집중한 결과 기장인 파커가 느낀 감정이나 반응, 생각 등이 독자에게 온전하게 전달되고 있다. 위기 순간의 생생한 서술상의 직접성을 통해 인물 내면의 표현이 강화되면서 인물의 말이나 생각을 중개하는 서술자가 생략되었다. 그 결과 파커의 내적 독백은 단순한 감상에 머물지 않으면서, 비행기 고장이라는 위기 상황에서도 빛나는 인간과 인간으로서의 유대와 이해라는 주제를 성공적으로 보여준다. 작가는 비행기 사고라는 사건 속에서 벌어지는 인물의 관점과 처지에 정서적 이입을 유도하는 작법으로 인물 내면의 깊이를 확보했을 뿐만 아니라, 위기 속 인간의 길이 무엇인가를 감동적으로 보여주고 있다.

「우박이 내리던 날」은 당뇨병으로 죽음을 눈앞에 둔 누나와 남동생의 남루하고도 아픈 삶을 다룬다. 누나가 심해진 당뇨 때문에 왼쪽 발가락 세 개를 잘라냈다는 소식을 들었든 게 재작년이었고, 그래도 호전되지 않아 지난 시월에 골반 아래 다리 하나를 통째로 잘라냈다는 것이다. 거기에 그치지 않고 오른쪽 다리마저 썩어가고 있는데 병원에서는 다리 절단 수술을 거부하고 집으로 돌아가라는 소리만 한다는 동생 효영의 말에 나는 곧장 누나 집을 찾아 나섰다. 어머니 같은 누나였다. 오랜만에 보는 누나는 '이가 모조리 빠져 합죽이가 된 얼굴, 온통 은색으로 새어버린 머리는 남자처럼 짧게 깎아 올렸다.' "광식이"란 말에 누나는 내 손을 덥석 잡고 반기면서도. "널 볼 때마다 내 몸이 이 지경이어서 미안하다고" 한다. 내가 중학교를 졸업하고 집을 나와 녹번동에서 자취하고 있을 때 누나는 아픈 몸으로 찾아왔었다. 새어머니가 들어온 집에서 식모처럼 살다가 집을 나간 누나는 터진 맹장을 그대로 두어 결국 복막염 수술을 해야 했지만, 보호자 없이 수술이 안 된다고 해서 집에 연락을 했다. 아버지와 함께 병원에

온 새어머니는 부모 싫다고 집 나간 년이 배창시 썩어서 왔다며 의사에게 수술을 그만두라고 소리를 질렀다. 우여곡절 끝에 수술은 했지만 갈 곳이 없는 누나를 효영이가 내 자취방으로 데리고 왔었다. 온통 옛날이야기만 늘어놓던 누나가 문득 생각난 듯 요즘 눈만 감으면 어머니가 보인다고 한다. 나는 그것이 죽음에 대한 예시라고 단정한다. 내가 죽음의 암시를 경험했기 때문이다. 어린 시절, 한여름 밤 꿈에서 나는 이상한 빛을 보았는데, 빨갛고 노랗고 파란빛을 모자처럼 머리에 쓴 요물들이었다. 그 요물들이 피리를 불고 꽹과리를 치며 우리 집 대문을 열어젖히더니 내가 누워있는 방으로 들어와 벽장에서 어머니 옷들을 하나씩 꺼내면서 소란을 피우다가 한순간에 아득한 어둠 속으로 감쪽같이 사라졌다. 그리고 며칠 후 어머니가 죽었다. 하늘이 어머니의 죽음을 미리 알려준 것이라 믿은 나는 그런 암시를 받고도 어머니를 살려내지 못한 안타까움에 오래 자책하며 살았다. 거제까지 내려가려면 시간이 빠듯한 나는 흰 봉투를 누나에게 내밀고 자리에서 일어난다. 그러자 내 손을 덥석 잡는 누나의 어깨를 나는 몇 번이나 쓰다듬는다. 한쪽 다리가 없는, 그리고 이제 곧 죽어야 할 늙은 여인의 어깨는 금방이라도 부서질 듯 얇다. 나는 누나에게 뭔가 할 말이 남아있는 듯했으나 그저 가슴만 먹먹할 뿐, 하고 싶은 말이 무엇인지조차 모른다. 누나는 왜 자신의 몸뚱이를 팽개치고 살았을까? 누나는 죽음을 준비하고 있었던 게 분명하다. 일찍 어머니를 잃은 우리에게 삶이란 아등바등 매달릴 만큼 매력적인 게 아니었다. 64년 전 그 여름밤, 시신을 보고도 실감하지 못했던 어머니의 죽음을 나는 오늘 비로소 느낀다. 그러면서 누나의 말이 저녁 하늘에 잔잔히 번져가는 산사의 범종 소리처럼 둔중하게 가슴을 울린다.

"그런데… 광식아. 내가 죽을 때가 다 되어서 그런가 요즘 느닷없이 새엄마도 불쌍한 인생이다, 그런 생각이 들어. 처녀 몸으로 하필이면 전처 자식이 셋이나 있는 집으로 시집을 왔으니, 단 하룬들 오붓하게 살았겠냐? 그때 배창시가 썩어죽을 년하고, 나한테 고함치던 소리가 귀에 쩡쩡하다가도… 그 사람도 여자다, 그런 생각이 드네."(「우박이 내리던 날」 중에서)

다리를 잃고 심지어 목숨까지 잃을 처지에 놓인 누나의 이 말은 어떤 화해의 언어보다 더 개연적이면서도 진실한 공감으로 와닿는다. 자본주의의 내부 모순이 몸속에 아프게 노정된 인물을 온존하게 그려내면서, 가난이 내재되어가는 과정을 형상화한 돋보이는 소설이다. 인물들의 불안한 긴장감과 아슬아슬한 삶의 균형이 파열되어가는 현장을 암담하고 어두운 심연으로 폭로한다. 현실적 결핍을 꿈이나 어린아이 시선으로 치환하여 보여주면서, 죽음 앞에서 인간은 결국 그 자체의 의미와 성격으로 소멸할 수밖에 없다는 것을 보여주는 작가의 시선은 치밀하고 날카로우며,

스쳐 지나가는 듯한 세목들조차 예외 없이 묘사할 만큼 세심하다. 누나와 동생이 옛날이야기만 하는 심리적 모티프를 제공하기 위해 이전에 발행한 사건을 현재에 끌어들여 서사의 맥락을 완성한다. '굵은 빗방울 사이사이에서 희끗희끗 무엇인가 보이는가 싶더니 팥알만한 그것이 땅에 떨어졌다가 다시 통통 튀어 오르는데 우박이다.' 왜 하필 우박일까? 눈에 보이고 손으로 느껴지지만 곧 녹아 사라져 형체를 알 수 없는 우리 인생을 표현한 것일까? 우박의 여운과 현실의 슬픔과 인간애의 감동이 오래도록 남는 작품이다.

「피란민 조시형」 역시 몸이 아픈 화자가 주인공이다. 출판사 편집장인 나는 일요일에도 출판사에 나왔다가 시형의 전화를 받고 그가 입원한 병실로 간다. 폐가 나빠 오랫동안 고통받고 있지만 명실공히 인기 작가인 시형은 내게 낡은 흑백 사진 한 장을 보여준다. '곰팡내가 풀풀 날 것 같은 초가집 옆에 새카만 노인이 곰방대를 물고 있고 그 뒤로는 시커멓게 탄 민둥산이 보였다.' 시형은 치매가 심해진 아버지가 전쟁기념관에서 구입한 이 사진 속 집이 당신이 살던 곳이라고 하는데, 자신도 이곳을 한 살 때 떠나온 고향집이라고 생각하며 살기로 했단다. 그는 오래 묵혔던 옛날이야기를 하고 싶어 나를 불렀다며 자신에 관한 이야기를 들려준다. 1951년 1월 추운 어느 날 아버지가 한 살도 안 된 자신을 안고, 네 살배기 누나는 등에 업고 피란민 행렬에 묻혀서 이곳 부산까지 걸어왔다고 한다. 갓난아기 시절부터 감기를 달고 살면서 흉통, 호흡곤란, 발열, 오한을 견뎌야 했다. 병원 갈 엄두도 내지 못하고 막일하는 아버지가 구해 온 약재를 고아 먹은 게 고작이었다. 그러다가 고등학생 때 증세가 너무 심해 난생처음 병원엘 갔는데 의사가 왼쪽 폐는 이미 기능을 상실했다면서, 왼쪽 폐에 부러진 뼛조각 같은 것이 박혔다면서 어찌 된 일이냐고 물었다. 무척 더운 여름 시형이를 마을 앞 개울가에서 씻기고 있던 어머니는 눈앞에서 폭탄이 터지는 바람에 돌아가셨다. 울고 있는 젖먹이를 가슴에서 떼어내기가 쉽지 않을 만큼 어머니는 시형이를 꼭 껴안고 있었다. 그때 시형의 갈비뼈가 부러져 폐를 찌른 것 같다고 했다. 결국 시형은 좌측 폐를 잘라냈지만 우측 폐조차 만신창이어서 반쯤 잘라냈다. 묵묵히 듣고 있던 내가 진짜 할 이야기가 무엇이냐고 물어도 오래 뜸을 들이던 시형은 김은미 시인에게 자신과 결혼해 줄 수 없냐는 편지를 보냈다고 한다. 답장이 왔느냐는 내 말에 고개를 가로저으며 시선을 떨군 시형은 기어이 눈물을 흘린다. 그는 또 내일 고향으로 돌아간다고 하면서 병원에서는 더해줄 게 없으니 감기만 조심하라고 했다는 것이다. 어쩐지 최후통첩이라는 생각이 들어 병원을 나서며 나는 발길이 무거웠다. 오십이 넘도록 아무 일 없이 살던 그가 갑자기 청혼했다는 사실도 그냥 웃어넘길 일이 아니다. 시형이 고향으로 떠난 지 석 달이 지나고 그의 고향인 영동에 대설주의보 예보가 내리던 날 나는 하나뿐인 그의 누님으로부터 시형의 부고를 받았다.

　“…그른디 그기… 한 보름이 되았는가… 우리 영동 친정집 옆에 팔순 할머니 할아부지가 아들네하고 살고 있는디유, 한 번은 그 집 아들하고 영감님이 우리 아부지를 찾아와 외장을 치고 세간살이를 뿌시고 난리를 쳤어유. 보통 때도 울 아부지가 그 집 할머니를 육이오 때 죽은 우리 엄마로 헛갈리곤 했는디, 눈이 이르케 쏟아지는디 어딜 댕겨 오냐고 고래고래 악을 쓰면서 떠메는 바람에 그 할머니가 쓰러졌는디, 엉치뼈가 부서져버린 거유. 울아부지 망령이 부쩍 심해지셨거덩요. 그리서 아부지를 당장 병원에 입원 시켜야하겠는디, 눈길이 맥혀서 차가 오지를 않으니, 우리 시형이가 아부질 업고 났던 거여유. 지는 대전에 살고 우리 집엔 아부지하고 동상 밖엔 없거덩유, 그런디 그 춥고… 시상에… 눈바람이 살가죽 찢겨 갈 듯이 불어대는디, 한 시간이나 실갱이를 해서 간신히 아부질 입원을 시키기는 했는디, 우리 동상이 덜렁 감기에 걸려버린 거여유. 우리 동상은 감기 걸리면 끝장이어유. 평생 골골 해서 더 이상 쓸 약도 없어유. 지 죽을 줄 모르고, 우리 시형이가 왜 그랬는지 도무지 알 수가 없어유. 그렇잖아도 몸 약해서 평생 고생하면서 살았는디… 아이구, 불쌍혀라, 내 동상. 아이구 불쌍한 우리 시형이. 이를 어쩜 좋아유….”(「피란민 조시형」 중에서)

이 소설은 전쟁과 분단이라는 의미망을 염두에 두고는 있지만 역사에 대한 사유나 해석의 구도 속에서 서사가 전개되지 않는다. 시형의 말과 성격에서 암시하고 있을 뿐이다. 죽음을 앞둔 인물의 오래된 상처가 현실 삶의 공간에서 어떻게 발현되고 있는지를 잘 보여주는 작품이다. 피란민 조시형에게 드리운 고통의 원인을 제공하는 전쟁이라는 역사적 무대가 시형의 삶 공간에 스며들어왔지만, 병약한 몸을 만든 어둡고 깊은 심연의 의식 속에서만 존재할 뿐이다. 죽음을 앞둔 인물의 심연에서 올라오는 목소리를 통해 고통 속에서도 사람만은 변하지 않는다는 것을 여실하게 보여준다. 특히 시형의 귀향은 자신의 삶에 대한 치열한 성찰이면서 운명에 맞서는 진지한 결단으로 남는다. 감기에 걸리면 죽는다는 것을 알고도 아버지를 등에 업고 달리는 피란민 조시형의 모습을 보면서 과연 인간이란 무엇인가를 새삼 묻게 만드는 소설이다.

「우박이 내리던 날」「피란민 조시형」은 모두 칠흑같이 어두운 고통 속에서 죽음을 맞이해야 하는 사람의 고통을 음각하고 있다. 자본주의를 살아가는 비극성을 섬뜩하게 드러내면서도 색다른 문제의식으로 다가와 우리가 몸담은 지금 이곳의 삶의 조건들을 하나하나 진지하게 되새기는 기회를 주고 있다.

「소풍 가는 길」은 자살을 공모하는 여자와 남자를 서술적 시점으로 하는 서사이다. 하늘 곳곳에서 굵은 빗방울이 쏟아지면서 태풍 소식이 들리던 날 나는 은주와 함께 자동차를 타고 이제는 돌아올 수 없는 여정을 시작한다. 춤을 춰 봤느냐고, 에이즈 환자를 봤느냐는 말을 주고받으며 장대같이 쏟아지는 비의 장막을 뚫고 달리는데 라디오에서 흘러나온 '태풍의 씨앗'이라는 말이 귀에 꽂힌다. 나는 무능한 나를 탓하며 떠난 하영과 세상을 먼저 떠난 엄마를 내 인생의 태풍의 씨앗으로 지목하고, 은주도 그녀 인생의 '태풍의 씨앗'을 이야기한다. 결혼식도 안 올리고, 혼인신고도 하지 않은 채 한 이불 덮고 살던 남편이 잘나가던 회사를 관두고 사업을 시작했다. 은주도 가만히 있을 수 없어 주변 사람들에게 돈을 빌려 보탰는데 코로나가 와서 일 년을 버티지 못하고 접었다. 그때부터 돈을 빌려주었던 사람들이 집으로 몰려왔고, 남편이 지방에 가 있을 테니 은주에게도 피해 있으라고 하지만 갈 곳이 없었다. 남편은 은주를 혼자 사는 자신의 친구 집에 맡기고는 사라졌고, 남편 친구는 술에 취해 은주를 겁탈했다. 그곳에서 나온 은주는 피시방에서 지내며 자살할 곳을 찾지만, 행동에 옮기지는 못하고 인터넷에 글을 올려 소풍 함께 할 사람을 찾았다. 혼자서는 못해도 누구하고 같이 가면 할 수 있겠다는 생각에서였다.

차창으로 가지가 부러진 나무들의 모습이 스쳐 지나갔다. 바람에 휘둘려 허리가 꺾인 이정표와 물에 잠긴 들판의 삭막한 풍경이 한 장의 기다란 목탄화처럼 스쳐 갔다. 먹물색으로 변한 산야에 검은 빗줄기가 바람에 흔들리는 거대한 장막처럼 휘어져 내렸다. 윈도우브러쉬의 파워를 최대한으로 높였으나, 유리창에 자글자글 퍼져 오르는 물살을 당해낼 수 없었다. 그 유리창 너머로 구름을 찢어내며 번개가 번득이었고 길이며 숲이며 나무들이 길길이 날뛰며 진저리를 치고 있었다. 머리에 닿을 듯 낮게 드리워진 구름 때문에 차창 밖 풍경은 거대한 터널을 연상케 하였다. 끝도 없이 뻗어 나간 터널, 그리고 어디로 이어지는 것인지 알 수 없는 아득한 굴속을 자동차는 우리에게 남아있는 짧은 생애를 싣고 달려가고 있었다.(「소풍 가는 길」) 중에서

이 광경은 표면적으로는 태풍 상황을 그리고 있지만 자살을 앞둔 두 남녀의 심리 묘사로 읽어도 모자람이 없다. 그만큼 이 소설은 분위기로 독자를 압도한다. 태풍의 분위기를 통해 자살이라는 음습한 분위기를 드러내면서 내면화되어 있는 두 남녀 상처를 돋보이게 한다. 빗속을 달리는 자동차 앞에 갑자기 거대한 물줄기가 막아 선다. 물줄기가 뻗어있는 길은 끝이 보이지 않는다. 여기서 돌아가야 하는지 아니면 물길을 헤집고 앞으로 나아가야 하는가를 망설인다. 그렇지만 돌아간다는 일은 상상조차 할 수 없다. 자동차에 기어를 넣고 액셀러레이터를 힘껏 밟는 나는 오랫

동안 잠을 잘 수가 없었다. 먹는 게 싫었다. 술, 커피, 담배가 내 입안으로 들어가는 전부였다. 이유를 알 수 없는 불안감에 시달리던 나는 자살이라는 단어를 떠올렸다. 습관처럼 들어간 인터넷 카페에서 '이번엔 꼭 성공해서 아무런 두려움 없이 소풍 가듯 훌쩍 떠나고 싶어요'라는 글귀를 발견했다. 소풍이라는 단어가 화살촉처럼 가슴에 꽂혔다. 그래서 은주를 만나 이곳까지 왔다. 아스팔트 도로에서 농로로 이어진 갈림길에 자동차를 세운 나는 여기에서 소풍을 끝내기로 작정한다. 트렁크를 열어 미리 준비한 농약병을 찾아서 손에 쥔다. 창백한 얼굴의 은주가 내 오른팔을 붙잡는다. 그녀의 손이 떨렸고 농약을 든 내 팔 역시 마찬가지다. 자동차 밖으로 나와 빗줄기 한가운데 선 나는 고개를 떨구고 가슴에 조용히 차오르는 생각에 촉각을 세운다. 그동안 나는 내 인생의 모든 것은 나에게 달려있다고 생각해 본 적이 없다. 어쩌다 이 지경이 되었나 싶은 그 순간, 은주의 말이 벼락같이 떠오른다. "살아있다는 것은 좋은 일이구나, 그런 생각이 들기도 했어요. 정말 즐거운 마음으로 소풍을 떠난 듯이요." 나는 손에 들고 있던 농약병을 어둠 속으로 힘껏 던져버린다.

"이제 돌아갑시다. 소풍은 끝났어요. 우리가 정말 죽기로 마음을 먹었다면 벌써 죽었을 거예요. 살아있는 건 좋은 일이라는 그 말, 명언이에요. 한번 살아봅시다. 차에 기름이 얼마 없지만 걱정마세요. 어차피 죽을 결심까지 했던 우리들인데 겁날

게 뭐 있어요?”(「소풍 가는 길」 중에서)

처음 만나 다시는 돌아올 수 없는 소풍을 떠나는 두 남녀의 불안한 심리를 태풍의 경로를 따라 보여주면서 인물 내면과 사건을 구체화하고 있다. 남자와 여자의 아내와 남편에게 시각을 이동시켜 관계의 부정성을 확인하고, 고통스럽게 각자의 밀실로 퇴각하는 모습을 통해 부부의 부조리를 뼈아프게 드러낸다. 남자와 여자는 그들 부부 관계가 어긋난 원인을 살피며 현재형으로 과거를, 과거형으로 현재를 넘나들면서 지난 시절의 아픔을 현재화하고 지금의 고통에 더욱 무게를 싣는다. 그러면서 소중한 것을 박탈당한 벗어날 수 없는 상황에 대해 항거하는 고통의 극한을 드러낸다. 그들은 자신의 과거를 솔직히 드러내면서도 그것들과의 진정한 화해에 이르지 못한다. 하지만 손에 들고 있던 농약병을 멀리 빗속으로 던져버리면서 최소한의 안식을 얻고 있는데, 이 행위가 그 무엇보다도 중요한 것은 인간의 길을 찾아가는 첫 발걸음이기 때문이다.

「인조 사파이어 푸른 빛」은 자살 직전의 은수를 발견한 정우가 그녀를 사랑하게 되면서 일어난 일을 다루고 있다. 샤워를 마치고 욕실 청소를 하던 은수는 갑자기 구역질이 치밀어 허리를 굽힌다. 일주일 전 의사는 임신 삼 개월을 알리며 축하한다고 했다. 죽은 남편은 오래 아이를 기다렸다. 남편의 외도도 따지고 보면 저주받을 자신의 불임에서 기인 된 것이다. 그런데 기적이 일어났다. 이런 축복이 조금 일찍 왔더라면 은수는 지금 전혀 다른 생을 살고 있을 것이다. 외출 준비를 마친 은수가 열쇠를 찾느라 뒤적이던 핸드백에서 손잡이에 짙푸른 색 인조 사파이어가 박힌 봉투칼이 잡힌다. 은수의 생명을 지켜주는 은장도이다. 정우를 만나 차를 타고 그의 집으로 가던 은수는 교통사고를 목격한다. 남편을 교통사고로 잃은 은수에게 그 광경은 여전히 충격이다. 사고 현장에서 빠져나온 정우는 은수를 처음 만난 날을 떠올린다. 비가 쏟아지던 작년 11월, 집으로 차를 몰던 정우는 바다를 향해 싹둑 잘려나간 낭떠러지 끄트머리에 서 있는 여자를 발견했다. 위기를 직감한 정우는 서둘러 여자 앞에 차를 세웠다. 간신히 옆자리에 태운 여자는 몹시 초췌한 얼굴에 입술이 파랗게 얼어있었고 눈언저리는 검정빛이 역력했다. 여자는 손잡이 부분에 파란색 인조보석이 달린 장식품 같은 것을 내내 손에 들고 있었다. 그 여자가 지금 정우 옆자리에 앉아 있다. 차창 밖 풍경을 바라보던 은수가 우리가 처음 만나던 날에도 이렇게 비가 내렸다고 한다. 그 당시 은수는 술과 신경안정제가 아니면 잠시도 마음을 추스를 수 없었다. 세상으로부터 철저하게 버려졌다는 뼈에 사무치는 고독과 자신이 아무짝에도 쓸모가 없다는 자괴감이 가슴을 후볐고, 그 끝에 떠오른 게 죽음이었다. 무작정 바다를 찾았지만, 막상 그

속으로 몸을 던지는 게 무서워 정우를 따라갔다. 은수가 정우에게 불쑥 묻는다. "혹시… 절 사랑하세요?" 정우는 대답을 못 하고 핸들만 꽉 움켜잡는다. 은수를 향한 자신의 마음은 사랑 아닌 다른 말로 표현할 수 없다. 하지만 정우는 며칠 전 유학을 떠난 아이들을 따라 미국으로 갔던 아내가 돌아온다는 연락을 받았다. 그는 은수를 만난 후 아내를 의식하지 않았던 것은 아니지만, 은수를 향한 사랑과 아내를 향한 마음은 별개처럼 여겨진다. 아내의 귀국이 보름도 남지 않았다는 사실을 떠올린다. 정우는 속물적이지 않은 특별한 선택이 있으리라고 생각하면서 은수가 아직도 남편의 교통사고 충격에서 헤어나지 못하는 것 같아, 그 일에 관해 조심스럽게 묻는다. 그동안 일부러 묻지 않았다. 형사로부터 남편이 교통사고로 사망했으니 와서 확인하라는 전화를 받은 은수는 회사 일로 석 달째 중국에 있는 남편이 설마 하며 달려가보니 남편이었다. 형사가 남편 옆에서 여자 시체가 함께 발견되었다고 하면서 확인을 요청했지만 은수는 거절했다. 소파에 기대앉은 은수는 눈을 감은 채 아랫배를 어루만진다. 지난날 자신이 겪었던 온갖 우여곡절이 바로 이 순간을 위해 준비된 과정인지도 모른다는 생각이 든다. 정우는 정물처럼 앉아 술만 들이켠다. 은수는 그런 정우에게 새생명 이야기를 할 수 없다. 다음에 이야기할 생각으로 일어서자 정우가 어깨를 누르며 사랑한다고 하면서도 자꾸 '그런데… 를' 되풀이한다. 그 모습을 지켜보던 은수는 한순간 숨이 멎으며 정우의 아내가 떠오른다. 정우를 만나면서 단 한 차례도 심각하게 그녀를 떠올리지 않은 자신의 어리석음이 수치스러웠다. 은수는 일어나 애써 차분한 몸짓으로 코트를 챙겨 입고 고개를 소파에 젖힌 채 미동도 없는 정우의 귀에 대고 "지난 날은 깨끗이 잊혀질거예요"라고 속삭인 후 소리 나지 않게 현관 문을 열고 밖으로 나온다.

    은수는 호주머니에서 그것을 꺼내 감싸 쥐었다. 금속의 완 강한 감촉이 온몸에 번졌다. 먼 옛날 남편과의 짧은 추억이 그것엔 희미하게나마 남아있었다. 그보다 훨씬 긴 세월 그녀 를 모질게 괴롭혔던 어두운 기억들이 새겨있는 물건이었다. 은수는 그 칼과 함께 분노했으며 복수를 꿈꿨고 죽음을 떠올 렸다. 손잡이에 박힌 인조 사파이어가 가로등 불빛을 받아 반 짝 빛을 내었다. 그 빛살을 한동안 음미하던 은수는 어금니 에 힘을 주고 바다 먼 곳을 향해 내던졌다. 가슴 속에서 무엇 인가 설렁 내려앉았지만, 이제 저런 것은 필요 없다고 그녀는 생각했다. 그리고 코트 호주머니 안에서 깊숙이 손을 넣어 아 랫배를 가만히 만져보았다. 헤어짐 같은 것은 생각할 필요가 없는 새새명이었다. (「인조 사파이어 푸른 빛」 중에서)

    이 소설은 낭만적인 사랑과 동반적인 사랑을 같은 사랑이라 부를 수 있을지에 대한 질문이기도 하다. 정수는 사랑의 물길이 은수에게로 향하고 있으면서도 아내에 대한 해소하지 못한 시간의 압제를 느낀다. 사랑은 미진함으로 되레 그 사랑을 오래 간직할 수 있다. 은수와 정우는 평범한 사랑 이야기를 평범하지 않은 것으로 만든다. 단선적이지 않으며 적어도 두 사람의 방향이 길항작용을 통해 우리시대의 사랑에 대한 포괄적인 은유의 세계를 구축하고 있기 때문이다. 그래서 둘의 사랑이 바깥도 아니고 안도 아닌 경계의 변두리에 맞대어 있다. 그 경계에서 벗어나기 위해 은장도처럼 품고 다니던 인조 사파이어 봉투용칼을 던져버리는 행위는 뱃속 아이를 위한 어떤 제의의식으로 느껴지면서, 인조 사파이어의 그 푸른빛 자장이 오래도록 기억에 남는다.

3.

　김헌일 작가의 소설집 『인조 사파이어 푸른 빛』은 전쟁(「노을이 지다」·「스콜」)과 비행기 사고(「수 시티를 향하여」)의 현장을 지나 병으로 죽음을 앞둔 현장(「우박이 내리던 날」·「피란민 조시형」)을 겪고, 자살 포기(「소풍 가는 길」)의 현장을 거쳐 인조 사파이어 푸른 빛을 버리고(「인조 사파이어 푸른 빛」) 생명을 얻는 긴 여정의 험난한 통로를 보여주고 있다. 통로는 육체를 지닌 인간 자체의 한계를 넘어서는 순간을 말하는 것이기도 하다. 이런 과정을 따라가다 보면 작가가 '죽음'을 새로운 탄생과 새로운 세계로 들어서려는 통로로 의식한다는 것을 알 수 있다. 그래서 이 소설의 인물들은 일상에서의 위험이나 죽음과 마주한 상황에 초점을 맞추면서도 인간의 길을 모색하는 각성 순간을 보여준다. 그 과정에서 현재를 지나 미래까지 관통할 수밖에 없는 인물들의 문제적 과거를 고통스럽게 증언하면서, 양심적 가책의 그늘과 가족 간의 서늘하고 미묘한 심리적 갈등까지 그려낸다. 삶과 죽음의 경계에 놓인 현실과 고통에 밀착해 있는 작가의 긴장된 시선과 삶에 대한 폭넓은 통찰은 한 개인의 운명이 가족과 주변 환경으로 인해 어떻게 달라질 수 있는지를 집약적으로 보여주면서 우리 본성에 도사리고 있는 몸짓을 투명하게 보여준다. 그 투명한 몸짓은 대상에 가능한 가까이 다가가려는 의지를 품고 있다는 점에서 동질성을 지향하면서도, 우리의 일상적 통념에 균열을 가져오는 이질성을 함축하고 있다. 이러한 동질성과 이질성의 결합은 삶과 죽음의 경계를 보여주면서 동시에 그에 대한 반성의 자리를 마련하려는 작가의 의도로 읽힌다.

소설집 『인조 사파이어 푸른 빛』은 인물들의 의식을 따라가면서 그들이 위험과 죽음을 마주한 순간을 촘촘하게 그려낸다. 그 촘촘한 묘사는 그들 자신이 살아온 내력을 되새김질하면서, 변질된 생활 감각을 뒤돌아보게 만들면서, 우리에게 경험적 현실의 무게와 삶의 직접성을 전해준다. 그러면서 인간의 삶과 죽음은 궁극적으로 구분이 불가하는 것, 즉 오늘날 우리는 모두 그 경계에서 벌거벗은 생명으로 자신을 입증하고 있다는 것을 상기시키기도 한다.

　김헌일 작가의 소설은 극적인 순간을 따라가면서도 중요인물들 사이의 대화와 반성적 사유를 지닌다. 그렇게 생성된 언어는 경험과 지적 사유가 축적되어 이루어진 빈틈없는 정밀함과 달관의 경지에 이른다. 그 경지의 언어는 삶과 죽음, 이질적이면서도 한몸인 두 힘 사이의 극적인 충돌과 역동성을 사실적인 차원에서 포착하여 보여준다. 삶과 죽음에 짓눌려온 삶의 가닥들을 되살려냄으로써 인간의 욕망이 잉태한 매커니즘을 불러와, 그 속에서 인간의 길이 무엇인지 진지하게 묻는다. 그 인간의 길은 소설집 『인조 사파이어 푸른 빛』에서 보았듯이 삶과 죽음의 고통속에서도 타인을 위하는 마음을 놓치지 않고 사랑하는 마음의 길일 것이다. 이 소설은 그런 인간들에게 보내는 헌사이다.